私、聖女様じゃありませんよ
～レベル上限100の異世界に、9999レベルの私が召喚された結果～
Tsukishima Shuichi
月島秀一
Illustration 竹花ノート

「……お家に帰りたいです」
ティアー＝ゴールドレイス
辺境で育った純朴な少女。
とある事情で、聖女として
異世界に召喚された。

「聖女ティア様。あなたの願いは何でしょうか？」
ユフィ＝ロンドミリア
ロンドミリア皇国の皇帝。
ティアを召喚した張本人で、
色々世話を焼いてくれる。

リリ＝
ローゼンベルグ
ドミーナ王国に召喚された聖女。

カロン＝
エステバイン
ロンドミリア皇国の宮廷魔法師。

クリア=アーロンド
アーロンド神国の女王。
イシュナ=スルシャーラ
アーロンド神国に召喚された聖女。

～2人でお風呂～

「……美しい髪ですね」
「あ、ありがとうございます」

目次

一章

一：聖女召喚　10
二：皇帝陛下の勅命　28
三：聖女の湯浴み　44
四：聖女の魔力　58
五：聖女の夜　77
六：聖女のレベル　94
七：聖女とドミーナ王国　106
八：聖女の理　124

二章

一：聖女とお祭り　146
二：聖女と未知　156
三：聖女と獣人　174
四：聖女とテスト　181
五：聖女と入学　192
六：聖女と学習　206
七：聖女と転校生　222
八：聖女と聖女　233

ダッシュエックス文庫

私、聖女様じゃありませんよ!?

~レベル上限100の異世界に、9999レベルの私が召喚された結果~

月島秀一

一章　一：聖女召喚

「お父さん、お母さん。ちょっと水汲《く》みに行ってくるね」

「おぉ、いつも助かるよ」

「気をつけてね、ティア」

「はーい」

毎朝、近くの小川で水を汲んでくるのは私のお仕事だ。

「んー、今日もいい天気」

朝のおいしい空気を胸いっぱいに吸い込み、下り坂をリズムよく降りていくと目的地である小川に着いた。

透き通った綺麗《きれい》な水が、太陽の光を反射してキラキラと光っている。私はそれを鏡代わりにして、身だしなみをチェックする。

うっすらとピンクがかった金髪はお父さん似。少し幼《おさな》い顔立ちはお母さんにそっくり。セミロングの髪は、黒いリボンで後ろに結《ゆ》い上げたハーフアップ。髪の結び方はお母さんにいろいろと教えてもらったけど、これが一番動きやすくてしっくりくる。

「よっこいしょ……っと」

私は川縁《かわべり》に水汲みバケツを寝かせ、水が満タンに入ったところで持ち上げる。

すると次の瞬間。

「……え？」

足元に奇妙《きみょう》な円陣が広がり、緑色の光を発し始めた。よくわからない文字が刻一刻《こくいっこく》と形を変え、光はどんどん強くなっていく。

「わ、わわわ……っ!?」

慌《あわ》ててその場から離れようとするが……少し、遅かった。

「きゃっ!?」

一際《ひときわ》まばゆい光が発せられたかと思うと――。

「あ、あれ……、ここは……？」

私は教会のような、荘厳《そうごん》な雰囲気《ふんいき》を放つ大きな建物の中にいた。

それも何やら高い台座の上に立っているようで、眼下には甲冑《かっちゅう》を纏《まと》った大勢の兵士がいた。

見れば、白い甲冑と黒い甲冑が入り乱れて戦っているみたいだった。

「お、おかしいなー……。夢……かな？」

確か私は日課の水汲みに行っていたはずだ。

（……うん、間違いない）

右手には水が満タンに入ったバケツがしっかりと握られている。ほんのついさっきまで家の近くの小川にいたことは間違いない。

それなのに今は何やら訳のわからないところにいて……。

（これは……水を汲みに行ったところから夢だったのかな？）

うん、きっとそうに違いない！

となれば、こんな変な夢から早く覚めて、現実に戻らなければならない。

水汲みバケツを床に置き、両手で頬《ほ》っぺたを引っ張っていると――。

「せ、聖女様……っ！」

「……ふえ？」

髭《ひげ》モジャのおじさんが近寄ってきた。彼は髪・眉毛《まゆげ》、そして立派《りっぱ》に蓄《たくわ》えた顎鬚《あごひげ》――すべてが真っ白な初老のおじさんだ。

（い、今……聖女様って言った……？）

すると髭モジャは、恍惚《こうこつ》とした表情で一歩また一歩とこちらに近寄ってきた。

正直、物凄《ものすご》く怖い。不審者《ふしんしゃ》とはこういう人のことを言うんだと初めて知った。

恐怖心から一歩たじろぐと、彼はバッと後ろを振り返り、私と同年代ぐらいの大きな杖《つえ》を持った可愛《かわい》らしい女の子に声をかけた。

「く、クラスは……クラスはいったい何ですか!?　あの美しい金髪からして――雷神《らいじん》、太陽神それとも――創造神ですか!?」

　すると可哀想《かわいそう》に、髭モジャに詰め寄られた女の子は、視線をそらしながら本当に申し訳なさそうに口を開いた。

「すみません……闘神《とうしん》、です……」

　その瞬間。いろいろなところからため息が聞こえた。

　見れば髭モジャも周りの白い甲冑を着た大勢の人たちも一様《いちよう》に落ち込んでいるようだった。

「あぁ……よりにもよって闘神とは……。……最悪だ」

　髭モジャは膝《ひざ》をつき、愕然《がくぜん》とした表情でそうつぶやいた。

　心底《しんそこ》がっかりしているようだった。

　どうやら私はお呼びではないらしい。

　すると黒い甲冑を着た人たちが大きな声で高らかに笑った。

「ぷっ、あっはっはっはっはっはっはっ！」

「よりにもよって最低最悪の闘神とはなぁ！」

「定刻になる前に焦《あせ》って召喚《しょうかん》したツケが回ったな、ロンドミリアよ！」

「お前らも知ってるよなぁ!?　この聖女大戦において、過去たった一度も闘神が勝ち残ったためしはねぇ！」

「これでお前らロンドミリア陣営は終わりだっ！」

多分、私への嘲笑《ちょうしょう》も混じっているんだろうけど……。

正直何を言われているのか全くわからないので、特に何も感じなかった。

あるのはただ「置いてけぼりだなぁ……」という疎外感《そがい》だった。

(もう……帰っていいのかな……)

さすがにこんな状態でずっと放置されっぱなしもつらい。

私は勇気を出して、この場で一番偉《えら》い人っぽい髭モジャに声をかけてみた。

「えっと……すみません。元いた場所に帰してもらえないでしょうか……？」

「「「っ!?」」」

その瞬間、空気が凍《こお》った。

どういうわけか、全員が私の方を驚愕《きょうがく》の眼差《まなざ》しで見つめている。

あれ、何かおかしなこと言っちゃったかな……私。

「闘神が、喋《しゃべ》った……？」

どこからかそんな声が聞こえた。

い、いやいやいや……。そりゃ喋りますとも……私をいったい何だと思っているんですか……。

すると黒い甲冑の人たちが慌ただしくざわつき始めた。

「まさか、あの聖女……異物《イレギュラー》かっ!?」

「馬鹿《ばか》な!?　異物など歴史上ほんの数体しか確認されていないんだぞ!?」

「くそっ、ロンドミリアめ……何て悪運の強い奴《やつ》だ……っ」

そして髭モジャは、息を吹き返したように大声を張り上げた。

「まだだ、まだ希望は残った！　これより契約の儀へと移る！　何とか時間を――時間を稼《かせ》いでくれ！」

「「「うぅおおおおおおおおおおおおおっ！」」」

髭モジャの声に応《こた》えた白い甲冑の人たちは、雄叫《おたけ》びをあげながら黒い甲冑に向かって突撃していった。

地鳴りのような恐ろしい雄叫び。

刀《かたな》と盾《たて》がぶつかり合う甲高《かんだか》い音。

思わず耳を塞《ふさ》ぎたくなるような悲鳴。

これが昔話に聞く戦争というものなのだろうか。

(どうしてこんなことを……)

混乱の極《きわ》みに達した私は、ただ呆然《ぼうぜん》とそれを見ていることしかできなかった。

すると黒い甲冑を着た人たちの方が強いのか、白い甲冑は一人また一人と倒れていった。

「ぐ、ぐぬぬ……っ。邪神の旗印《はたじるし》か……っ」

戦況が芳《かんば》しくないためか、髭モジャは苛立《いらだ》った様子で自慢の髭をわしゃわしゃと掻《か》き回した。

「ユフィ様……かくなる上は私が前線に出ます。その間に、何としても聖女様との契約を！」

「はいっ！」

髭モジャは杖を持った女の子にそう言うと――軽やかな足取りで高台から降り、混戦の中へと突入していった。

見た目によらず、何と軽快な身のこなしの髭であろうか……。

私が遠目に髭モジャを眺《なが》めていると――。

「私はユフィ＝ロンドミリア。聖女様をこの世界に召喚した召喚士です」

目の前の杖を持った可愛い女の子――ユフィさんが優雅《ゆうが》な所作《しょさ》でお辞儀《じぎ》をした。私と同じ十代前半ぐらいだろうか。身長もだいたい同じ。背中まで伸びる美しい金髪は、とても手入れが行き届いていて手ぐしでもスッととけそうだ。白を基調とした修道服は、ところどころに青のアクセントが利《き》いていていてとても似合っている。

「こ、これはどうもご丁寧《ていねい》に。私はティア＝ゴールドレイスです」

対する私はどこかぎこちない動きで、ペコリと頭を下げた。

「早速《さっそく》ですが、聖女ティア様。あなたの願いは何でしょうか？」

「ね、願い……ですか？」

そもそも私は聖女でもないし、「様」と呼ばれるほど偉くもない。一般家庭に生まれた、ただの村娘だ。聞きたいことも、訂正《ていせい》しなければならないこともたくさんあるが、今はどうやらかなり切羽詰《せっぱつ》まっている様子。私は仕方なく、そのまま会話を続けることにした。

「はい。私の召喚に応じた以上、ティア様にはどうしても叶《かな》えたい願いがあるはずです」

「は、はぁ……」

そう言われましても別段これといった願いなんてな……いや、ある。今、どうしても叶えたい願いが、私にはある。

それは──。

「……お家《うち》に帰りたいです」

私は今の率直《そっちょく》な願いを口にした。

「そ、そんなことでいいのですか？」

「はい……」

むしろそれ以上の望みはない。

一秒でも早くこのわけのわからない場所から帰りたい。

家に帰ってお父さんとお母さんと一緒にご飯を食べて、あったかいお布団《ふとん》で寝たい。

「……わかりました」

「えっ、いいんですか!?」

「はい。それではお体を楽にしてください──」

そう言うとユフィさんは、大きな杖を床に打ちつけた。

「『朱《あか》き獣《けもの》に泥《どろ》を、地を抱く鳥に空を』」

彼女が呪文《じゅもん》のようなものを唱《とな》え始めた瞬間、私の足元が発光し始めた。

「お、おぉ……っ」

どうやら本当に元の場所へ帰してくれるみたいだ。

ユフィさんに言われたとおりに体の力を抜き、目をつむる。

「『白き亀《かめ》が器《うつわ》を満たし、黒き女王が虚空《こくう》に憂《うれ》う』

『不遜《ふそん》なる黄龍《こうりゅう》。千手《せんじゅ》の影。小人が首に陽《ひ》を差し込む』

『相生《そうじょう》せよ。相克《そうこく》せよ。七曜巡《しちようめぐ》りて輪《わ》を満たせ——聖痕《スティグマ》』」

眩《まばゆ》い光が溢《あふ》れ出し、私が目を開けるとそこは——さっきと何も変わらない高台の上だった。

「……あれ？」

呆然とする私に対して、ユフィさんはホッと胸を撫《な》で下ろした。

「ありがとうございます、これで契《こう》約成立です」

そうして彼女は、自身の右手の甲を見せてきた。

そこには真紅《しんく》の紋様《もんよう》が描かれていた。

「あ痛っ⁉」

同時に、バチッと静電気のような衝撃が私の手を襲《おそ》った。

見れば右手の甲に——ユフィさんのと同じ真紅の紋様が浮かび上がった。

「こ、これは……?」

「それは聖痕。ティア様と召喚士である私が契約により結ばれた証《あかし》です」

「え、えーっと……なるほ、ど……?」

全く何も理解していないのに、勢いに呑《の》まれて頷《うなず》いてしまった。

(つまり……まだ帰してはくれないってこと……?)

そんなことよりもこの紋様の辺《あた》りが無性《むしょう》に痒《かゆ》い。虫にでも刺されたようなヒリヒリ感がある。

私が無意識のうちにカリカリと右手の甲を掻いていると——。

「あっ」

真紅の紋様は、シールのようにペリペリと剝《は》がれてしまった。

「……えっ!?」

「あれ、取っちゃダメなやつでしたか……?」

ヒラヒラと床に落ちていった紋様は、まるで空気に溶けるように消えてしまった。

「そ、そんな……っ。どうして、何で……っ!?」

「す、すみません……っ。そんなに大事なものだとは知らずに……」

勝手にあのシールを剝がしてしまったことを謝《あやま》っていると——。

「……どうしよう。聖女の契約が破棄《はき》された……」

ユフィさんは、年相応の少女の顔でそうつぶやいた。

その直後、高台の下の方から緊迫した声が聞こえてきた。

「ユフィ様っ!? 契約はまだなのですかっ!?」

見れば髭モジャは、額《ひたい》から血を流しながらたった一人で十人もの敵と戦っていた。

「す、すみません……っ。契約が破棄されてしまいました……っ」

「な、何ですとぉ!? ――がはっ!?」

一瞬こちらに目をやった髭モジャの頭を、黒いメイスが殴りつけた。

「爺《じい》やっ!?」

「髭モジャ!?」

それに勢いづいたのか、黒い甲冑はより攻勢を強めた。

「勝機っ! ――聖女と契約を結ぶ前に、一気に攻め落とせっ!」

「「うぅおおおおおおおおおっ!」」

髭モジャはあっという間に黒い甲冑の群れに呑み込まれてしまった。あんな大勢の人たちに踏まれたら……ただでは済まない。

するとユフィさんはもはやなりふり構わずといった様子で、私に詰め寄った。

「お、お願いします、ティア様! どうか、どうかこの国をお救いください……っ!」

「そ、そんなこと私に言われても……っ」

いきなりこんなわけのわからないところに連れて来られた挙句《あげく》、『国を救ってほしい』？

いや、無理無理無理無理っ！

「そ、そもそも私、聖女様じゃありませんよ!?」

しかし、彼女の耳には私の声が届いていないようだった。

「私の魔力でも体でも――好きに使ってくれて構いませんっ！　ですから、どうか――どうかお願いです。この国を救ってくださいっ！」

涙目になりながら懇願《こんがん》するユフィさん。

力になってあげたい……とは思うけど、一介《いっかい》の村娘である私にはどうすることもできない。

「……っ！　あ、危ないっ!?」

「きゃっ!?」

私が咄嗟《とっさ》にユフィさんを押し倒した次の瞬間、鋭い刀が空《くう》を切った。

「ちっ、外したか！」

見れば黒い甲冑を着た一人の男が、この高台にまで登ってきていた。

(今のは間違いなく彼女の首元を狙《ねら》っていた……本当に殺すつもりで……っ)

サッと血の気が引いていくのを感じる。

「へへへ、『聖女を殺すにゃ召喚士から』ってのは定石《じょうせき》だからな」

「ど、どうしてこんなひどいことをするんですか!?」

「ははっ、聖女様よぉ？　お前の首さえ獲《と》れば、俺は貴族にしてもらえるんだぜぇ……っ。地位も金も女も名誉もっ！　たった一日で全《すべ》てが手に入んだっ！　殺《や》らねぇわけねぇよなぁ!?」

私欲にまみれた顔で「ゲヒャヒャヒャ！」と高笑いする男。

そうこうしているうちに、黒い甲冑の人たちに囲まれてしまった。逃げ場はもうどこにもない。

「ティア様、どうか……どうかお力を……っ」

「そ、そんなこと言われても……っ」

ユフィさんがすがりついてくるが、私にはどうすることもできない。

そんなとき。

いつかお父さんとお母さんが言っていた言葉が脳裏《のうり》をよぎった。

『いいか、ティア？　力こそがパワー。どんな時も最後に自分を救ってくれるのは腕力だ。もしどうしようもなくなった時は、ただ全力で前に進め。お前は父さんと母さんの子だ。どんな壁だってきっとぶち破れるさ』

『ティア。この先、あなたにはいくつもの苦難が押し寄せることでしょう。そんな時は――斬《き》りかかるのです。切って斬って絶《き》って断《き》って――全てをなぎ倒しなさい。大丈夫、あなたにならきっとできるわ』

（お父さん、お母さん……ありがとう）

逃げ場はない？

——違う。

道は自分で——自分の力で切り開くものなんだ。

「——やぁあああああああーっ！」

私は手に持っていたバケツを振り上げ、目の前の黒い甲冑目がけて走り出す。周りは一切気にしない。ただ前へ、ひたすら前へとぶつかっていく。

しかし——。

「……きゃっ⁉」

足がもつれてしまい、無様《ぶざま》にもすっ転んでしまった。

「はっ、どこを狙ってやがる！」

見当違いの方向へ振り下ろしたバケツが、床にぶつかった次の瞬間。

ドォオオオオオオンッ！

凄《すさ》まじい破砕《はさい》音と共に、巨大な亀裂《きれつ》が床を走った。

まるで隕石《いんせき》が落下したかのような巨大なクレーターができ、建物全体がグラグラと激しく揺れる。

「うぉっ⁉」

「何だ、これ⁉」

「馬鹿な!?」

あまりに大きな揺れだったので、黒い甲冑の人たちは高台から転がり落ちていった。

私はユフィさんと手を繋《つな》ぎ、床に伏せたまま目を閉じた。

少しして揺れが収まった頃に立ち上がると――。

「……うそっ!?」

ここの地盤がとても緩《ゆる》かったのか。たまたま当たりどころが悪かったのか。床だけでなく壁にも幾多《いくた》の亀裂が走り、今にも建物全体が崩壊《ほうかい》しそうだった。

「ふ、ふふふ……っ。ふぅはははははははっ!」

するとどこからか喜色《きしょく》に満ちた髭モジャの声が聞こえた。

「さすがは異物、何という圧倒的なパワーッ!　十重二十重《とえはたえ》と結界《けっかい》の張られた聖殿《せいでん》をたったの一撃で粉砕《ふんさい》するとはっ!　まさに規格外!　……ふふふふ、はーはっはっはっはっはっ!」

頭から血を流した彼は、突然大口を開けて笑い始めた。あれだけたくさんの人に踏まれたのに、目立った傷はあまりない。やっぱりアレは危ない人だ。

「この力……聖女との契約が結ばれたか……っ。くそっ、撤退《てったい》だっ!」

黒い甲冑の人たちは、統率《とうそつ》のとれた動きで空中に浮かぶ黒いもやもやの中に飛び込んで行き
――姿を消した。

「助か……った……?」

ぼんやりとそんなことをつぶやくと――。

「ありがとうございます、本当にありがとうございます……ティア様!」

私の両手を取り、ユフィさんは何度も何度も頭を下げた。

「え、い、いや……私は何も……」

「さすがは聖女様! まさに圧巻《あっかん》の一言でございますっ!」

いつの間にか高台まで登ってきていた髭モジャが、いっそ気持ちいいぐらいの手のひら返しを見せた。

続けて彼は、高台の中央に立っている一本の旗《はた》を手渡してきた。多分この国の国旗だと思うんだけど、今まで一度も見たことがないものだった。

「さぁ、聖女様! 勝利の雄叫びを――勝鬨《かちどき》をあげてくださいませっ!」

「いや、だから私は聖女様じゃ――」

「――さぁっ! さぁさぁさぁっ!」

髭モジャがあまりに押してくるので、半《なか》ばやけくそになった私は言われるがままに声をあげた。

「え、えーっと……。や、やーっ!」

すると次の瞬間。

「「「うぅおおおおおおおおおおっ！」」」

割れんばかりの大歓声《だいかんせい》が沸き起こり、周囲は熱狂の渦《うず》に包まれた。

「もぅ……何なのこれ……」

どうやら私は、とんでもないところに来てしまったようだ。

果たして無事に、家に帰ることができるのだろうか……。

二：皇帝陛下の勅命

その後、半壊《はんかい》状態となった建物を脱出した私は、ユフィさんと髭《ひげ》モジャに連れられ、綺麗《きれい》に舗装《ほそう》された大きな道を歩いていた。何でもこの国にあるお城へと招待するとのことだった。

その場で誤解を解こうとしたのだけれど……。「詳《くわ》しいお話は城の中で」という髭の押しに負けてしまった。

（それにしても、何でだろう……真っ暗だ……）

朝起きてからそれほど時間は経《た》っていないというのに、外はもう真っ暗で虫の鳴き声がやけに大きく聞こえた。

何度か隙《すき》を見て逃げようかとも考えたけど……。私の横にはユフィさんが、後ろには大勢の白い甲冑《かっちゅう》の人たちがいる。逃げ道なんてどこにもなかった。

そうこうしているうちに目的地であるこの国のお城へと到着した。

（うわぁ……本物のお城だ……）

それはまるでおとぎ話に出てくるような、大きくて立派《りっぱ》なお城だった。外壁は品のある白で統一され、屋根の部分は青の煉瓦《れんが》が敷《し》き詰められている。一番高い塔のてっぺんには、さっき私が振っていた旗《はた》が差されており、両開きの大きな門の左右には、白い甲冑を着たたくさんの衛兵《えいへい》がいた。

「ささっ、聖女様。どうぞ中へお入りください」

髭モジャは優しい声でそう言ったものの……。

(この中に入ったら、もう出てこれなくなるんじゃないかな……)

私の中では、そんな漠然《ばくぜん》とした不安がさざ波となって押し寄せていた。

しかし、ここまで来ておいて「やっぱり外で話しませんか?」と言えるわけもない。

「お、お邪魔します……っ」

私は恐る恐るといった感じでお城の中へと踏み入った。

■

お城の中には、白い甲冑を着た人や綺麗な服を着た品のある女性。ピシっとした黒いジャケットを着た男の人など、とにかくたくさんの人がいた。小さい頃からずっと田舎《いなか》の村で育った私にとって、こんな大勢の人に囲まれる環境というのは……何だかとても落ち着かなかった。

そうして私がキョロキョロと周囲を見回していると、ユフィさんとばっちり目が合った。

「ティア様、どうかなされましたか？」

彼女は小首を傾《かし》げながら、挙動不審《きょどうふしん》な私に対して優しく声をかけてくれた。

「い、いえっ、何でもありません！」

「そうですか。それは良かったです」

ユフィさんはニッコリと笑うと、再び前を向いて歩き始めた。

（……綺麗な人だなぁ）

本当に絵本の中から飛び出してきたような、お姫様のような人だ。

そんなことを思いながら、広いお城の廊下を歩いていると、

「さささっ、聖女様。どうぞこちらの部屋でございます！」

あれよあれよという間に、大きなお部屋に通されてしまった。

さっきからやけにテンションの高い髭モジャが怖い。

ほんの少し前にダラダラと頭から血を流していたのに、休まなくても平気なのだろうか……。

そうして見回せるほどに広く大きな部屋に一歩踏み入れた私は――圧倒された。

（……ば、場違い感がすごい）

悪目立《わるめだ》ちしないよう、落ち着き払った風を装って部屋の内装に目をやる。

豪勢《ごうせい》な金ぴかのシャンデリア。

美しい斑紋《はんもん》のある大理石の机。

名画の雰囲気《ふんいき》を放つ抽象画。

何だか凄《すご》く高そうな乳白色の花瓶《かびん》。そこに活《い》けられている花は、どれも見たことのない種類だった。

私の家は貧《まず》しいとまでは言わないものの、それほど裕福ではない――ごく普通の一般家庭だ。こんな貴族や王族のお部屋を見せつけられたら、もうどんな反応をしたらいいのかわからない。

そうして呆然《ぼうぜん》と部屋の入り口で立ち竦《すく》んでいると、

「聖女様？　いかがされましたか？　も、もしや体調が優《すぐ》れないのでしょうか!?」

「ティア様、やはり魔力が……!?」

髭モジャとユフィさんが心配して声をかけてくれた。

「い、いえ！　すみません、何でもないですっ！」

「さ、左様《さよう》でございますか……？」

「もし何かありましたら、どうぞお気軽に仰《おっしゃ》ってくださいね？」

「あ、ありがとうございます」

ユフィさんは、ともかくとして――どうやらこの髭モジャも悪い人ではなさそうだ。……危ない人ではあるけれど。

「さて立ち話もなんですから、どうぞこちらの椅子《いす》におかけください」

そう言って髭モジャは、机に備え付けられている椅子を引いた。

「ど、どうも……」

意外と紳士的である彼にお礼を言い、私はできる限りお上品に座った。

それから私の対面にはユフィさんが座り、彼女の横には髭モジャが立ったままでいた。彼はゴホンと咳払《せきばら》いをすると、自己紹介を始めた。

「申し遅れました。私はカロン＝エステバイン。ロンドミリア皇国の宮廷魔法師でございます。以後、お見知りおきを」

そう言って髭モジャことカロンさんはペコリとお辞儀《じぎ》をした。

「わ、私はティア＝ゴールドレイスです。よろしくお願いします」

私は挨拶《あいさつ》を返しながらも、髭モジャの発した『ある言葉』に引っ掛かっていた。

（……ロンドミリア皇国？）

そんな名前の国は聞いたことがない。

もしかしたら私は、本当に遠いところに飛ばされてしまったのかもしれない……。

何とも言えない不安感に胸がざわついていると、今度はユフィさんが口を開いた。

「念のため、もう一度自己紹介させていただきますね。私はユフィ＝ロンドミリア。ここロンドミリア皇国の皇帝です」

「……皇、帝？」

皇帝って……国の中で一番偉《えら》いあの皇帝陛下《へいか》……？

「はい。亡き父の後、皇位を継承《けいしょう》しました。今はこの爺《じい》や——ゴホン。失礼いたしました。——宮廷魔法師カロンの補佐の元、政務を執《と》り行っています」

さも当然のことのように言ってのけるユフィさん。

「ほ、ほんとのほんとに……皇帝陛下、なんですか？」

「はい。まだまだ若輩者《じゃくはいもの》ですが、何とかやらせていただいています」

彼女が嘘《うそ》や冗談を言っている様子はない。それは横にいる髭モジャの平然とした顔つきからしても間違いない。

（まさか同い年ぐらいだと思っていたユフィさんが、そんな雲の上の人だったなんて……）

だんだんと頭が回ってきた私は、その場でバッと立ち上がる。

「す、すみません、陛下っ！　私なんかが馴《な》れ馴《な》れしくしてしまって！」

知らなかったこととはいえ、遥《はる》か目上の人に対して随分《ずいぶん》と失礼な態度を取ってしまった。私が慌《あわ》てて謝罪をしようとすると、

「そ、そんな！　『陛下』だなんてやめてください、ティア様！」

「そうですぞ！　聖女様は人間を越えた天上の存在！　いったい何をおっしゃりますか！」

二人は慌ててこちらに駆け寄ってきた。

（……違う。そこからしてもうおかしい）

私は聖女様でも何でもない。どこにでもいる——ただの村娘だ。とにかくこれ以上話がやや

こしくなる前に、ちゃんと誤解を解いておかないと。

「――陛下、髭モジャさん。大事なお話があります」

私は背筋《せすじ》をピンと伸ばし、二人の目を真《ま》っ直《す》ぐに見つめた。

「は、はい……っ」

「ひ、髭モジャ……？」

すると私の真剣さが伝わったのか、二人は息を呑《の》んだまま口をつぐんだ。

「何か誤解をされてしまっているようですが……。実は私、聖女様じゃありま――」

そこまで言いかけたところで――。

ぐーっ。

私のお腹《なか》が鳴った。

こんなときに限って、これでもかというほどに大きな音が。

「……っ！」

一瞬で顔が真っ赤になるのがわかった。体の内から熱がフツフツと湧《わ》き上がってくる。きっと耳まで赤くなっているだろう。

（こ、これじゃまるで、お腹が空《す》いたことを声高《こわだか》に訴えたみたいじゃない……っ）

いったいどうしてこんな最悪のタイミングで……。今日は本当に厄日《やくび》だ……。

恥《は》ずかしさのあまり、私が俯《うつむ》いていると――。

「な、なるほどっ！　これは失礼いたしましたっ！」

髭モジャは何故《なぜ》か突然頭を下げ、すぐさま近くの衛兵を呼び寄せた。

「おい、聖女様は空腹であられるっ！　急ぎ料理を持て！」

やはりそういう風に受け取られてしまっていたみたいだ。

（うう……違う、そうじゃないの……っ）

否定はしたいものの、こんな真っ赤な顔で言っても説得力の欠片《かけら》もない。それに実際、朝から何も食べていないのでお腹はとても空いている。

私が仕方なくそのまま俯いていると、衛兵は敬礼をしたまま迅速《じんそく》に返答した。

「お、お言葉ですが、カロン様！　先の敵襲《てきしゅう》のため、城内の料理人は全《すべ》て避難しております！」

「すぐに呼び戻せ！　これは国家の存亡《そんぼう》にかかわる事態だ！　――皇帝陛下！」

髭モジャから呼ばれたユフィさ――皇帝陛下はコクリと頷《うなず》いた。

「ロンドミリアの名をもって命じます――即座に一流の料理人を招集し、最高の料理を作らせなさい！」

「しょ、承知《しょうち》いたしました！」

皇帝陛下からの勅命《ちょくめい》を受けた衛兵は、凄《すさ》まじい勢いで部屋から飛び出して行った。

「聖女様。今食事の手配を致しましたので、もう少々お待ちいただけると幸いでございます」

「ティア様。せっかく召喚《しょうかん》に応じていただけたというのに、心配りができず大変申し訳ございいません……」

「いえ、その……ありがとう、ございます……っ」

何だか大ごとになってしまっているけど……せっかくの親切心を蔑《ないがし》ろにするのもどうかと思われたので、素直にご厚意に甘えることにした。

■

それから十分もしない内に、髭モジャの手によって最初の料理が運ばれてきた。

「まずは前菜をば――朝摘《あさつ》み野菜のサラダでございます。どうぞお召し上がりください」

小さなお皿の上には、色とりどりの野菜が左右対称に配置されていた。そこに白みがかったドレッシングがオシャレにかけられている。

(凄い……まるで芸術品みたい……っ)

ふと顔を上げれば、皇帝陛下に髭モジャ、その他多くの衛兵たちがこちらに視線を送っていた。

た、食べにくい……。

しかし、せっかく用意してもらったうえに、そんな注文をつけることなんてできない。

私は居心地《いごこち》の悪さを感じながらも静かに両手を合わせた。

「い、いただきます」

そうして目の前の机に目をやる。

そこにはサラダの他に銀製のナイフにフォーク・スプーンが並べられていた。

(これは多分、フォークで食べるん……だよね?)

家ではほとんどお箸《はし》ばかり使っていたので、こういう作法的なものには全く詳しくない。

「す、すみません……その、あまりテーブルマナーには詳しくなくて……」

少し恥ずかしかったけど、どうせ隠してもすぐにバレてしまうことなので正直にそう伝えた。

「とんでもございません、聖女様。食事は楽しむことこそが一番でございますぞ」

「そうですよ。テーブルマナーのような堅苦しいことは気にせず、気を楽にしてお召し上がりください」

二人は優しくそう言ってくれた。

「あ、ありがとうございます」

少し気が楽になった私は、ぎこちないながらもフォークを使い、サラダを口へと運んだ。

「はむはむ……んっ!」

——おいしい。

しゃきしゃきとした玉ねぎの甘味。トマトの柔らかい酸味《さんみ》。キャベツの心地よい歯ごたえ。

ドレッシングはさっぱりとしていながらも、ほんのりとチーズの味がして野菜を存分《ぞんぶん》に引き立てていた。

ところどころに顔を出すエビのシュリンプは、濃厚な旨味《うまみ》があって味のアクセントとして最高だった。

「こ、このサラダ、とってもおいしいですっ！」

「まぁ、それはよかったです！」

「聖女様からのお墨付《すみつ》き——料理人もさぞ鼻が高いでしょうな！」

そうしてあっという間に前菜を平らげると、

「お次はコンソメスープでございます」

髭モジャが白磁《はくじ》のカップに注がれたスープを持って来てくれた。

「っ！　……いいにおい」

それはとてもシンプルだけど、引き込まれるような魔性の香りを放つ一品だった。澄《す》んだ琥《こ》珀色《はくいろ》は宝石みたいに綺麗だ。

スプーンを使って音を立てないように口へと流し込む。

（ふわぁ……あったかい……）

体の芯《しん》から温まる。

よくわからないところに連れて来られ、不安でいっぱいだった心をほぐしてくれる。

ホッと一息をついたところで、

「お次は貝料理でございますぞ」

芳《こう》ばしい香りのする大きな巻貝を髭モジャが配膳《はいぜん》してくれた。

（サザエ……じゃないみたい）

形はよく似ているけど色が違う。

サザエと違って、これは殻《から》が真っ赤だった。

（……どうやって食べたらいいんだろう？）

見たところ蓋《ふた》がしっかりと閉まっている。フォークか何かでほじくればいいのだろうか
……？　いや、それだと少し品がないのかな……？

一人で考えていても答えは出なさそうだったので、それとなく聞いてみることにした。

「こ、これは……？」

「『カッチン貝の壺焼《つぼや》き～焦《こ》がしバターソースを添えて～』でございます」

「そう、ですか……」

いや、食べ方を教えてほしいんですけど……。

残念ながら髭モジャに私の願いは届かなかったようだ。

皇帝陛下もニッコリと笑顔のまま、特に動きを見せない。

窮地《きゅうち》に追いやられた私は、目の前の未確認物体の分析《ぶんせき》を開始する。

（む、むむむ……っ）

ない。


これは貝だ。それは間違いない。何度も食べたことがあるし、実際髭モジャも貝だと言っている。

……問題は何故かしっかりと蓋が閉じられているということだ。

当然ながら殻はとても固そうなので、攻められるところと言えばあの蓋の部分しか見当たらない。

(とにかく……このまま固まっているわけにはいかない……)

意を決した私が、フォークを片手に大きな貝を鷲掴《わしづか》みにすると、

「あっ」

固そうだった殻は、まるで薄いお煎餅《せんべい》のようにパキンと割れた。

どうやら火に炙《あぶ》られたことによって外側の殻が割れやすくなっているみたいだ。

(な、なるほど……っ!)

ここに勝機を見出《みいだ》した私は、素手《すで》でパキパキと殻を割っていく。

プリップリの大きな身が剝《む》き出しとなり、焦がしバターの甘い香りが部屋中に広がる。

(す、すごい……っ。こんなに大きいんだ……っ)

一口では食べられそうもないほどの肉厚《にくあつ》さ。

白い湯気を放つそれを思わずうっとりと眺《なが》めていると――。

先ほどから固唾《かたず》を飲んでこちらを見守っている衛兵が、コソコソ話を始めた。

「馬鹿《ばか》な、あの強固なカッチン貝の外殻《がいかく》を素手で!?」

「さすがは闘神《とうしん》……凄まじい腕力だ……」

「しかし、カッチン貝の食べ方すら知らんとはな……。あまり言いたくはないが、頭はかなり残念なようだ……」

「いやいや、彼女はあの闘神だぞ？　言葉を操《あやつ》るだけでも十分驚嘆《きょうたん》に値《あたい》する」

どうやら彼らもこの大きな身を見て、食欲を掻《か》き立てられてしまったらしい。

（そりゃそうだよね、みんなも食べたいよね……）

彼らが職務に励《はげ》んでいる中、自分一人だけがこんなにおいしいものを食べている。そんな不平等さに罪悪感を抱いていると――。

「ど、どうかされましたか、聖女様？　もしや貝類は苦手でございますか!?」

私のちょっとした異変を敏感に察知《さっち》した髭モジャが、不安げな顔つきで詰め寄ってきた。

「い、いいえ、大好物です！　あまりにおいしそうだったので、ちょっと見惚《みと》れてしまっていただけです！」

「おぉ、左様でございましたか。無用な口出しをした愚《おろ》かな私をお許しください」

申し訳なさそうに頭を下げる髭モジャに「気にしないでください」と伝えた私は、視線を目の前の貝に向ける。

「い、いただきます」

少しだけ申し訳ない思いを抱きつつも、一思いに貝の身を口に含んだ次の瞬間。

「……っ！」

貝特有の濃厚な甘味が口いっぱいに広がる。焦がしバターの風味が鼻腔《びこう》をくすぐり、さっぱりとした醤油《しょうゆ》が後味を締めくくる。

わずかなクサミも、過剰《かじょう》な焦げ臭さもない——まさに完璧《かんぺき》な一品だった。

「お、おいしいっ！」

「もったいなきお言葉です」

それからもお肉料理にデザートなどなど、どれも頬《ほ》っぺたが落っこちてしまうほどおいしくて、あっという間に平らげてしまった。

「——ほんっとうにおいしかったです！　ごちそうさまでした！」

「それは何よりでございます」

ニッコリと笑った髭モジャが衛兵たちに視線を送ると、彼らは素早い手つきで皿を片付けた。

そうして食事が一段落したところで——いよいよ例の話を切り出す。私が聖女ではないという、あの話だ。

「えっと……それでですね……。先ほどのお話の続——」

私がボソボソと口を切り始めたそのとき。

コンコンコンっと扉がノックされた。

誰かがこの部屋にやってきたようだ。

「どうぞ」

陛下が凛《りん》とした通りのいい声で入室を許可すると、メイド服を着た黒髪の若い女性が丁寧《ていねい》な所作《しょさ》で扉を開けて入ってきた。

「失礼いたします。湯浴《ゆあ》みの準備が整いましたので、そのご連絡に参りました」

「そうですか、ありがとうございます」

すると陛下はこちらを振り返り、問いかけてきた。

「ティア様。湯浴みの準備ができたようですが、いかがいたしましょうか？」

「そう、ですね……」

ご飯を食べた後すぐの入浴は、あまり消化によくないと聞いたことがあるけれど……。

（ううん、これはちょうどいいかも……）

お風呂は考えをまとめるのに最適な場だ。温かい湯船につかりながら、一人でゆっくりと体を伸ばせば、きっといい考えも浮かんでくるはず。

「では、お先にいただいちゃってもいいでしょうか？」

「もちろんでございます。それではご案内いたしますね。——どうぞこちらへ」

そうして私は皇帝陛下に案内されてお風呂へと向かった。

三：聖女の湯浴み

「こちらが脱衣所になります」

「ひ、広い……」

さすがはお城の脱衣所というべきか。家のものとは比べ物にならないほど大きかった。そのうえ掃除も行き届いているようで、髪の毛の一本はおろか、わずかな埃《ほこり》さえも見当たらない。

「脱いだ服はこちらの籠《かご》に入れておいてください。それと大浴場はあちらの扉の先になります」

「ありがとうございます」

そうして陛下《へいか》は説明を終えると――。

「そ、それでは……っ」

その長い髪をたくし上げ、上の服を脱ぎ始めた。

「えっ、ちょ、へ、陛下っ!?」

白を基調とした修道服の下は、これまた純白の下着であり、陛下の白い肌《はだ》と相《あい》まってとてもよく似合っていた。

「お、お風呂って……陛下も一緒に入られるのですか⁉」

上半身が下着のみとなった陛下へそう問いかける。

「は、はい。こうして聖女様との親睦《しんぼく》を深めることは、我が国の伝統でございますので」

「そ、そうなんですか……」

伝統と言われてしまえば、無下《むげ》にそれを否定することは難しくなる。

続いて陛下はレース付きの黒いニーハイソックスを脱ぎ、瑞々《みずみず》しい生足《なまあし》が露《あらわ》になる。そうして彼女が黒のショートパンツに手をかけたところで——。

「てぃ、ティア様もお脱ぎになってくださいね……？」

陛下は少し顔を赤くして、そう言った。

「は、はいっ」

私は慌《あわ》てて自分の服に手を伸ばす。

（や、やっぱり、ちょっと恥《は》ずかしいなぁ……）

お母さん以外の前で服を脱いだことのない私は、妙な緊張感を抱《いだ》きながら一枚一枚服を脱いでいく。

そして服と下着を脱ぎ終えた私が振り返るとそこには——一糸まとわぬ姿となった陛下が恥じらいの色を見せながら立っていた。

雪のように白く透明感のある柔肌《やわはだ》。張りがあって形のいい胸。スラリと伸びた手足——女である私でもドキドキしてしまうほどに綺麗《きれい》な体だった。

「てぃ、ティア様……。そんなにジロジロと見られては……少し、恥ずかしいです」

そう言いながら体をひねり、少しでも視線から逃れようとする陛下は……言いようもなく可愛《かわい》らしかった。

「す、すみません……っ」

慌てて陛下の体から目をそらす。

「……」

「……」

それから何とも言えない沈黙が降り――。

「さ、さぁ、ティア様！　温泉に入りましょうか！」

「は、はいっ！　とても楽しみですっ！」

妙に高いテンションのまま、私と陛下はお風呂場へと向かった。

■

「うわぁ、大きい！」

そこには家のお風呂場の何十倍も広く、そしていろいろな種類の温泉があった。それぞれの湯船の前には木の立て看板《かんばん》があり、様々な効能が記されている。

（肩凝《かたこ》り・冷え性・疲労回復に……。むむっ、美肌効果まで……っ）

女性としては見過ごせない、いくつもの素晴らしい効能が並んでいた。

「さて、まずはお体をきれいにしましょうか」

「はい！」

陛下に連れられた私は、洗い場へと到着する。

「こちらが洗い場になります。どうぞお好きなところへお座りください」

温泉から少し離れたところに、いくつもの洗い場があった。

風呂椅子《いす》と鏡がついたそこには——一際《ひときわ》私の目を引く、とんでもないものがあった。

「こ、これは……っ⁉」

「ど、どうかいたしましたか……⁉」

驚いた様子でこちらを見やる陛下に、私は震える声で問いかけた。

「こ、これは……。『シャワー』というやつではありませんか……っ⁉」

「は、はい。そうですが……？」

シャワー——都の、それもごく一部の大貴族の間でまことしやかに存在が噂《うわさ》される、綺麗な水が出る装置。まさか実在していたとは……。

「さ、さすがは陛下のお城……シャワーもあるんですね……。それもこんなにたくさん……」

恐ろしいことに全《すべ》ての洗い場に一つずつシャワーが取り付けられていた。総数にして二十はくだらないだろう。

すると陛下は苦笑気味に応《こた》えた。

「い、いえ……シャワーぐらいであれば、我が国の一般的な住居であればほぼ全ての家に常設されていると思うのですが……」

「そ、そうなんですか!?」

「は、はい」

恐るべし、ロンドミリア皇国……。

まさかそれほどまでに栄えた国であったとは……。

そうしてジッと洗い場を見つめていると、とあるものが欠けていることに気づいた。

「あっ、でも陛下。石鹸《せっけん》がないですよ？」

石鹸がない代わりに、いろいろな種類のカラフルなボトルが並んでいる。

「これは失礼いたしました。石鹸がお好みでしたか」

「……？　石鹸以外に何かあるんですか……？」

体と頭を洗うのに、石鹸以外のものがあるのだろうか？

「はい。我が国ではこういったシャンプーとボディソープがございます」

そう言って陛下が変な形をしたボトルの頭を押すと、透明な液体がビュッと飛び出た。

その瞬間、ふんわりとした優しいにおいが鼻腔《びこう》をくすぐる。どこかで嗅《か》いだことのある花のにおいだ。

「……っ！　いいにおいです！」

「ふふっ、髪の毛にもとってもいいんですよ？　試《ため》しにこちらを使ってみてはいかがでしょうか？」

「はい！」

「かしこまりました」

陛下がシャンプーをクシャクシャとこね始めると、みるみるうちに泡立《あわだ》っていき、あっという間に彼女の手はモコモコの泡に包まれた。

「お、おぉ……っ」

石鹸と同じ……いや、それ以上の泡立ちであった。

「さっ、それではティア様、どうぞこちらへお座りください」

陛下はニッコリと微笑《ほほえ》み、目の前の風呂椅子に視線を落とした。

「……ふぇ？」

一瞬遅れて、陛下の発言の意味を理解した。

「い、いやいやいやっ！　自分の頭ぐらい自分で洗いますよ!?　それに陛下に洗ってもらうなんて恐れ多いこと――」

「いえいえ、召喚士《しようかんし》が聖女様のお体を綺麗にするのも我が国の伝統ですから。お気になさらないでください」

「こ、これも伝統なんですか……?」

「はい」

即答だった。

「そう、ですか……。そ、それではよろしくお願いします」

「かしこまりました」

私は遠慮がちに目の前の風呂椅子に腰を下ろした。

「それでは――失礼いたしますね」

「……あっ」

陛下の細い指が私の頭皮《とうひ》を刺激する。程よい力加減が何とも心地よい。

「痒《かゆ》いところはございませんか?」

「はい、とっても気持ちいいです」

実際、陛下の指使いと力加減は本当に絶妙で、天にも昇る気持ちだった。

「それはよかったです」

そうして鏡に映るモコモコと泡だらけになっていく頭をボンヤリと見ながら、されるがままになっていると、

「……美しい髪ですね」

私の髪をスーッと撫《な》でながら、陛下がそんなことをつぶやいた。

「あ、ありがとうございます。でも、陛下の髪の方がとっても綺麗ですよ？」

「ふふっ、ありがとうございます。お世辞《せじ》でも嬉《うれ》しいです」

「全然、お世辞なんかじゃないですよ」

そんな会話をしていると、鏡越しに見えた陛下がちょっとだけ困った表情を浮かべていることに気がついた。

「どうかされましたか？」

「……ティア様。一つ……お願いをしてもよろしいでしょうか？」

「は、はいっ」

改まった様子でそう問われたものだから、思わず少し固い返事をしてしまう。

いったいどんなお願いをされるのだろうか。

私は少し緊張しながら、陛下の言葉を待った。

「その……陛下という呼び方はやめていただけないでしょうか……？」

しかし、陛下のお願いは予想外のものだった。

「え、えっと……。駄目、でしょうか……？」

「ティア様とは今後も末永《すえなが》くお付き合いする仲になります。さすがに役職名で呼ばれるのは、少し……さびしいです。いえ、もちろんティア様が嫌だとおっしゃるならば、仕方ないことなのですが……」

陛下は捨てられた子犬のような、庇護欲《ひごよく》を誘う表情でそう言った。

ここで断ったら、何だかとても悪いことをしたような気になってしまう。……その顔はズルい。

「うー……。それではユフィ……さんで」

ユフィさんの言い分にも確かに納得できるところがあったので、私は渋々《しぶしぶ》その申し出を了承《りょうしょう》した。

「ありがとうございます、ティア様！」

するとユフィさんは、さっきまでのしょぼくれた顔はどこへやら。大輪《たいりん》の花が咲いたような温かな笑顔を浮かべた。

「むぅっ……。それならユフィさんも『ティア様』じゃなくて、ティアって呼んでほしいです」

こちらだけが一方的にフランクに接するのは……何だか違うような気がする。

何より私はどこにでもいる田舎《いなか》の村娘――『ティア様』なんて呼ばれるほど偉《えら》くも何ともない。

すると、

「いえ、そういうわけにはいきません。天上の存在である聖女様に対して、そのような不敬な態度は許されませんので」

　なんと彼女は首を横に振り、きっぱり断ってきた。

……何かちょっと不公平だ。

　そっちがその気なら仕方がない。私にだって考えがある。

「……わかりました。それでは陛下、今後とも末永くよろしくお願いしますね」

　あえて「陛下」という部分を強調して、少し意地悪をしてみると。

「うっ……。わ、わかりました……」

　渋々といった様子で、ユフィさんは頷《うなず》いてくれた。

「それでは……『ティアさん』、とお呼びしてもよろしいでしょうか……？」

「ありがとうございます、ユフィさん！」

　何だかちょっとずつだけど、ユフィさんと仲良くなれていっている気がする。

　私の住む村はとても田舎で、同年代の女の子なんて一人もいなかったから……何だかとても嬉しかった。

「もう……それではシャンプーを流しますので、少し目をつむっていてくださいね」

「はーい」

　それからゆっくりと丁寧《ていねい》に頭の泡を流してもらった。

　髪の毛からはシャンプーのいいにおいがし、心なしか髪に艶《つや》が出たような気がする。

「さてお次は、背中をお流しいたしますね」

「はい、お願いしま……っ!?　い、ぃいいえっ!?　大丈夫です！」

あまりに自然に言うものだから、ついうっかり頷いてしまいそうになった。

「さ、左様《さよう》でございますか？」

「は、はいっ！　自分でできますので、大丈夫ですっ！」

相手が同じ女の子とはいえ、さすがに体を洗ってもらうのは恥ずかし過ぎる。

髪を洗ってもらうのがギリギリ限界のラインだ。

「ですが、これも我が国の伝統で――」

「で、伝統だったとしてもここは譲《ゆず》れません！」

いくら伝統と言われても、恥ずかしいものは恥ずかしい。

私は手と首をブンブンと横に振って必死に断った。

「そうですか……。残念ですが、仕方ありませんね……」

少し残念そうな様子で、ユフィさんは引き下がってくれた。せっかくの厚意に対し少し申し訳ない気持ちにもなるが……これぱっかりはしょうがない。

その後、お互いに体を綺麗にしたところでいよいよ温泉につかる。

「ふわぁー……いい気持ちぃー……」

肩までしっかりとつかると、自然と全身の力が抜けていくのがわかった。

程よい湯加減。お湯になって溶けてしまいそうだった。

「ごくらくごくらく……ですねぇ……」

横で一緒に温泉につかっているユフィさんも、完全にリラックスしきった顔をしている。皇帝陛下として振る舞う凜《りん》とした姿も美しいけれど、今の少し気の抜けた彼女はとても可愛らしかった。

「こんな気持ちのいいお風呂は初めてです。何だかお肌がスベスベになった気がします」

「あはは。それはちょっと早過ぎですよ」

そうして二人で温泉を満喫《まんきつ》していると、ユフィさんの方から話を振ってきてくれた。

「ところでティアさ……ん」

『ティア様』と言いかけたのを何とか飲み込んで、『ティアさん』と言い直してくれたようだ。

「何ですか？」

「先ほどから――お食事のときから何か言いたげな様子だったのですが……もしかしてお話しになりたいことがあるのではないでしょうか？」

「……っ」

さすがはユフィさん。若くして皇帝の座についたのは伊達《だて》ではない。びっくりするほどの洞《どう》察力《さつりょく》だ。

私は意を決して、ここで全てを打ち明けることにした。

「ユフィさん、その……。落ち着いて聞いてもらえますか……?」

「はい、何なりと」

彼女は急《せ》かすこともなく、優しい笑みを浮かべたまま待っていてくれた。
二、三度深呼吸をし、決心がついたところで、
「私は……聖女様ではありません……」

やっと本当のことを口にできた。

ショックを受けるだろうか。

悲しませてしまうだろうか。

怒られるだろうか。

そんな私の不安とは裏腹《うらはら》に――。

「いいえ、ティアさんは間違いなく聖女様ですよ」

ユフィさんは落ち着き払った様子で、優しくそう言った。

「ど、どうして、そう言い切れるんですか……？」

「召喚士《しょうかんし》である私には、聖女様であるティアさんのステータスを見ることができます」

「ステー……タス……？」

「はい。聖女様には腕力・耐久《たいきゅう》・敏捷《びんしょう》・知能・魔力・幸運――これら六つの固有ステータスが存在します。そして召喚士である私は、それをボンヤリとですが見ることができるんですよ」

「そ、そうなんですか⁉」

そんなことは初耳だ。

「はい。固有ステータスを持つ者は、この世界では聖女様以外にはいません。――つまりティアさんは、間違いなく聖女様です」

「な、なるほど……」

確かにその話が本当だとすれば、ユフィさんが私のことを聖女様だと断定するのも頷《うなず》ける。

(でも、私が聖女様って……いやいやないないないっ!)

一瞬納得しかけてしまったけど、簡単に「はい、わかりました」と頷ける話ではない。

(うーん……どう考えても何かの間違いとしか思えないなぁ)

でも、ユフィさんは私を聖女様だと信じて疑っていないみたいだし……。

(いったい、どうしたらいいんだろう……)

そうして私が混乱の真っただ中にいると――。

「それと……つかぬことをお伺《うかが》いするのですが……その、魔力の方は大丈夫なのでしょうか……?」

ユフィさんは更《さら》なる質問を投げかけてきた。

「魔力……ですか?」

魔力というと、魔法を使用するときのあの魔力のことだけど……。残念ながら私は、これまで魔法を習ったことは一度もない。そのため、自分の魔力なんて意識したこともなかった。

「はい。本来聖女様は召喚士からの魔力供給《きょうきゅう》を受けて、この世界に実体化されます。聖痕《スティグマ》の契約に失敗し、私からの魔力供給を受けていないティアさんは、そう長く実体化することができない……はずなんですが」

ユフィさんはジッと私の体を見つめた。

私もペタペタと自分の顔と体を触ってみる。

「え、えーっと……よくわかりませんが、大丈夫みたいですね……」

『実体化』というのが、どういう状態を指すのかあんまりよくわからないけど……。とにかく現状、私の体にこれといった問題は起きていない。

すると彼女は「おそらくですが……」と前置きしたうえで推測《すいそく》を述《の》べ始めた。

「今、ティアさんはご自身の魔力を大量に消費して、何とか実体化を維持《いじ》されているはずです。しかし、それがいつまで続くかは……」

「え、えっと……それはつまり……?」

生唾《なまつば》を飲み込みながら、恐る恐る続きを促《うなが》す。

するとユフィさんは、重たい口をゆっくりと開いた。

「……もし、ティアさんの保有魔力が尽きれば……ティアさんは消滅することになります」

「……え、えーっ!?」

私は思わずその場で立ち上がってしまった。

（しょ、消滅って……。つまり、死んじゃうってこと……？）

視界がぐにゃりと歪《ゆが》んだような奇妙《きみょう》な感覚に襲《おそ》われる。

「も、申し訳ございません……っ。私の召喚士としての技量が未熟なばかりに……本当に申し訳ございません……っ」

そう言ってユフィさんは何度も何度も頭を下げた。

私は何度か大きく深呼吸をし、少し頭を冷やした。

そして冷静になった状態で質問を投げかけた。

「そ、その『消滅する』というのは……具体的にどうなるんですか？」

「……この世界で聖女様が命を落とした場合どうなるかというのは……正直なところまだ解明されていません。無事に元の世界へと帰還《きかん》するのか。はたまた、文字通り存在が消えてしまうのか。まさに神のみぞ知るといった状態なんです……」

「そ、そんな……」

そんなこと急に言われても……。立て続けにいろんなことが起こり過ぎて、もう何が何だかわからない。

混乱の極致《きょくち》に追いやられながらも、一つとても気になった言葉があった。

今のユフィさんの説明の中で、どうしても聞き逃せなかった言葉が。

「元の、世界……？」

「は、はい。ティアさんはご自身のいた元の世界に帰りたい……という話ではありませんでしたか？」

「え……っと……」

予想だにしない発言に言葉を詰まらせてしまう。

私がいた、元の世界……？　それじゃあ、私が今いる、この世界は……？

「てぃ、ティアさん？　顔色が優《すぐ》れないようですが、大丈夫ですか？」

「す、すみません……。ちょっといろいろ混乱してしまいまして……っ」

私はこれまで生きてきた中で一番頭を回転させ、何とか現状を理解しようと努めた。

「えっとつまり……私はどこか遠い世界から召喚された聖女で、今いるこの世界は異世界ということですか？」

「はい、その通りです。もう少し正確に言いますと、聖女様というのはこの世界から遠く離れた別の世界の神々の総称。そして聖女召喚の儀とは、天上の世界におわします神々をこの世界に降ろす儀式なのです」

私が……神様？

「……い、いやいやいや！　それはさすがにおかしいですよ！　私はどこにでもいる普通の──田舎《いなか》の村娘ですよ⁉　そんな私が神様で聖女だなんて、そんなの絶対におかしいですよ！」

「いいえ、おかしくなんてありません。ティアさんは間違いなく、遠く離れた別世界で神と呼ばれた存在であり、この世界における聖女様です。この点については保証できます」

「そ、そうなん、ですか……」

こうまではっきり断言されては、強く反論することもできない。

信じたくない事実みたいなことを突きつけられた私は――。

(……………うん、これは夢だな。とっても長い、変な夢だ)

そんなふうに大きく考え方を変えてみることにした。

そう考えると少し気が楽になってきた。

頰《ほ》っぺたが落っこちるほどおいしい料理も食べられたし、シャワーという超高級品も体験できた。あぁ、なんて私は運がいいんだろう!

(でも、そろそろ目が覚めたいかなー……なんて)

あんまり幸せな思いばかりしていると、夢から覚めた後の元の生活が少し物足りなく感じてしまうかもしれない。そうならないためにも、そろそろ夢から覚めて現実の世界に戻ろう。

夢から目覚めるために、ぐにーっと頰っぺたを引っ張ると、

(……うん、痛い)

わかってたけど、普通に痛かった。

(そうだよね……こんなリアリティのある夢なんて、あるわけないよね……)

そんなことはわかっていたけど、もう現実逃避でもしないとやっていけない規模の話になっ

ている。

　そうやって私が一人で頬っぺたを引っ張り続けていると、ユフィさんはゆっくりと湯船から立ち上がり、両手を大きく横に開いた。ほんのりと上気《じょうき》した綺麗《きれい》な体は水が滴《したた》り、何だかとても色っぽい。

「それでは先ほどのお約束通り——ティアさんのお望みになるものならば、何でもご用意させていただきます。私の魔力でも……。その……か、体でも……っ。何でも構いません……っ！」

　ユフィさんは頬《ほお》を赤く染めながらそう言った。

「え、えっと……。いきなりどうしたんですか？」

『望むものを何でも用意する』——急にそんなこと言われても困ってしまう。

「私の召喚士としての腕が未熟なばかりに、現状既《すで》に多大なご迷惑をおかけしております……。その代償《だいしょう》として、せめてこの身を捧《ささ》げようと……っ」

「み、身を捧げると言われましても……」

　そもそも私は女の子だし……。

（いやでもユフィさんぐらい綺麗な人とならーーって、いやいや！　今はそういう話じゃなくてっ！）

　一瞬浮かんだ邪《よこしま》な考えを吹き飛ばすように、私はブンブンと頭を振った。やっぱり精神的にかなり疲れているみたいだ。

「と、とにかく、急にそんなわけのわからないこと言われても困っちゃいますよっ。それに……か、体を捧げるって、いったい何をするつもりなんですかっ！」

女の子は自分の体を大事にしなければならない。

これはお母さんが何度も何度も口が酸《す》っぱくなるくらい言い聞かせてくれたことだ。

「聖女様は召喚士の生命エネルギーを魔力に変換することができます。ですからティアさんが保有魔力の減少を感じたときは、どうぞいつでもお声かけください」

……どうやら、私の想像していたこととは、少しだけ内容が違っていたみたいだ。それでもユフィさんが、とんでもないことを言っていることに変わりはない。

「せ、生命エネルギーって……っ。そんなことをしたらユフィさんは、どうなってしまうんですか!?」

「……聖女様を実体化し続けるほどの魔力を生命エネルギーから抽出《ちゅうしゅつ》し続けるとなると。……おそらくもって三カ月ぐらいでしょうか」

もって三カ月――それってまだこんなに若いのに、余命が三カ月しかないってこと……？

そんなの、絶対におかしい。何か他にいい方法がきっとあるはずだ。

「な、何か他に方法はないんですか!?　……そ、そうだ！　い、今からでもその聖女の契約を結び直したりとか！」

ユフィさんがこんなとんでもないことを言い出したのは、聖女の契約に失敗したからだった。

それならもう一度その契約を結び直せば、問題は全《すべ》て解決されるはず。

しかし、彼女は静かに首を横に振った。

「申し訳ございません……。聖痕《スティグマ》を用いて聖女様と契約が可能なのは……聖女召喚の儀が完了した直後の一回きりのみ……。もうこの方法しかないんです……」

「そ、そんな……っ」

あまりにも絶望的な展開に、私は言葉を失ってしまう。

このままユフィさんの生命エネルギーを吸わなければ、そう遠くない先に私は消えてしまう。でも、もしそうすればユフィさんは三カ月後に死んでしまう。

（こんなの……あんまりだよ……）

もういっそどこかへ走って逃げ出したくなったけど……逃げたってどうにもならない。一度耳にしてしまったことは消えない。

それからしばらく無言で考えた。考えに考えて考え抜いた末に、ようやく結論が出た。

「やっぱり無理です……そんなことはできません」

ユフィさんの寿命《じゅみょう》をもらって生きるなんて……そんなことできない。

「で、ですがその場合、ティアさんが……っ！」

「わ、私はきっと大丈夫ですよ！　もしかしたら私にはとんでもない魔力があって、ずっと実体化し続けていても大丈夫……かもしれませんよ？」

「そ、そんなわけが……っ」

　そこまで言いかけて、ユフィさんはその後の言葉を飲み込んだ。

　私の意思が固いことを理解してくれたのだろう。

「で、では……っ。せめてティアさんの望みを教えてくださいっ。もちろん、いくつでも構いません。可能な限り全て実現させていただきます」

「望み、ですか……」

　私が今、どうしても叶《かな》えたい望みはたった一つだ。

「家に帰る……というのは難しいんですよね？」

「……はい……申し訳ございません。聖女様を召喚する魔法は存在するのですが……。元の世界にお帰しする魔法は……」

　やっぱりないみたいだった……。

　完全な一方通行……ちょっとひどい話だ。

「そうですか……」

　がっくりと肩を落としていると、ユフィさんが確認するように問いかけてきた。

「その……ティアさんの望みは、元の世界に帰るということでよろしいのでしょうか？」

「は、はい……。お父さんもお母さんも、今頃きっと心配して……」

心配して……るかなぁ？

ちょっと過保護なお父さんは置いておくとして……。お母さんは少し放任主義的なところがある。

その時脳裏《のうり》をよぎったのは、昔お父さんとお母さんが言い争っていたときのことだった。

『いいですか、お父さん？　あなたがどれだけ反対しようと絶対に、ティアには一人旅をさせますからね』

『お、おいおい、馬鹿《ばか》かお前はっ!?　ティアはまだ自分がどれほどの化物《ばけもの》なのかを自覚していない！　そんな状態で旅に出してみろ……大混乱では済まないぞ!?』

『あの子は今よりもっと強くなれる、遙《はる》か高みへとたどり着くことができます……っ！』

『ねぇ、お母さん、俺の話を聞いてます!?　そもそも、これ以上強くしてどうするつもりなんだ!?　ただでさえ英雄と剣聖である俺らよりも強いんだぞ!?　第二の魔王でも育てるつもりかっ!?』

『ふふふっ、それはもう――女の子は誰よりも強くないといけませんからね』

私が今よりうんと小さい頃、二人が何か言い争っているのをトイレの中からこっそり聞いてしまった。壁越しだったから、全部の会話が聞き取れたわけじゃないけど……。

（確かお父さんは反対してたけど、お母さんは旅に出させるって言ってたっけ……）

そうしてぼんやりと昔の話を思い出していると、ユフィさんがとんでもないことを口にした。

「確実に元の世界へ帰る方法が……一つだけあります」

「ほ、ほんとですかっ!?　お、教えてくださいっ！」

　ユフィさんはコクリと頷き、静かに口を開いた。

「それは――聖女大戦に勝利することです」

「聖女……大戦……？」

　聞いたこともない言葉に、私は小首を傾《かし》げた。

「国家の威信《いしん》を懸《か》けての、聖女様の力を借りた代理戦争――それが聖女大戦。我がロンドミリア皇国を含めた六つの大国が覇《は》を競《きそ》う、百年に一度の戦いです。この聖女大戦に勝ち残った聖女様は、何でも一つ願いを叶えることができると言われています」

「何でも一つ……」

　思わずゴクリと生唾を飲む。

「現状、ティアさんが無事に元の世界に帰還する方法は、これしかないと思います」

　でも、『大戦』ってことは戦うってことだよね……。

　今思い返せば、さっきの白と黒の甲冑《かっちゅう》は聖女大戦の戦いの一つだったのかもしれない。

（そんなの……私にできっこないよ……）

　私はどこにでもいる普通の村娘だ。およそ戦いと呼べるものとは、これまで何の関《かか》わりもなく過ごしてきた。

お父さんとお母さんから護身術《ごしんじゅつ》は教えてもらっているけど……。そんなのきっと国同士の戦いには何の役にも立たない。

（つまり現状、実質的に家に帰る方法は……ない）

途方に暮れた私は、大きなため息とともにがっくり肩を落とした。

すると——多分、私を元気づけようとしてくれているのだろう。

ユフィさんは明るい声で、少し話題を変えようとしてくれた。

「せ、聖女大戦のお話は、お風呂を上がってからにしてはどうでしょう？　せっかくのお風呂ですし、ゆっくりと体を休めてみるのもいいかもしれませんよ？」

「そう、ですね……」

せっかくこんなにいいお風呂に入っているんだから、もっとゆっくりと楽しまなければもったいない。

なるべく嫌なことを考えないようにブルブルと頭を振っていると、ユフィさんはポンと両手を打った。

「そうだ！　ティアさんは、何か欲しいものなどございませんか？　どうぞ遠慮なく何なりと言ってくださいね」

欲しいもの……かぁ。

私はあまり物欲がない性質《たち》なのか、こういうときパッとすぐに思いつくものが………

あった。

　そういえば小さい頃から一つだけ、ずっと欲しかったものがある。

（……うん。こんな機会は滅多《めった》にあるものじゃないよね……？）

　私は勇気を振り絞《しぼ》ってお願いすることにした。

「そ、それじゃ、ユフィさん……もし、よろしければ……お友達になってくれませんか？」

「お、お友達……ですか？」

　ユフィさんはキョトンとした顔で、ポツリとつぶやいた。

「はい。実は私、家がとっても田舎にあって同年代のお友達が一人もいなかったんですよ……。ですから、もしよければお友達になってくれませんか？」

「も、もちろんです！　私なんかでよろしければ、ぜひお友達にしてください！」

　そう言って彼女は私の両手をそっと握ってくれた。

「あ、ありがとうございます、ユフィさん」

　初めてのお友達ができた。

　それだけで心がじんわりと温かくなった。

　こんなつらい状況でも、きっと何とかなるんじゃないかと思えてきた。

（私は今まで友達がいたことがない……）

　でもそれがどういうものかは、お父さんとお母さんから聞いている。友達はお互いに泣いて笑って助け合って——そして絶対に裏切ってはいけないもの。

「じゃ、じゃあその……っ。お互いに敬語はやめにしませんか……？」

私がやや興奮《こうふん》気味に提案したそれは——。

「いえ、私とティアさんではつり合いが取れませんから、そういうわけにはいきません。もちろん、ティアさんは敬語なしで大丈夫ですからね」

ばっさりと切り捨てられてしまった。

……こういうところでユフィさんは少し、というかかなり強情だった。

でも、友達なのに敬語で話すのは……やっぱり他人行儀な感じがする。それに私だけが一方的に気安く話しかけるのも……それはそれで距離感がチグハグなような気がして嫌だ。

だから、少しだけ我がままを言ってみる。

「お友達なのに、敬語で喋《しゃべ》るんですか……？」

「うっ……そ、それは……」

き、効《き》いているっ！　これは手応《てごた》えありだ！

ユフィさんも本心では、『友達同士が敬語』という状況がおかしいと思っているんだ。

(きっと……あともう一押しだ)

私はわざとしょんぼりした感じで問いかけた。

「何でもお願いを聞いてくれるんじゃなかったんですか……？」

「う、うぅ……っ。……わ、わかりました。それがティアさんの望みであるなら、全力で叶えさせていただきます！」

少しだけ自棄《やけ》になったような、冗談めかした口調でユフィさんは了承《りょうしょう》してくれた。

「ありがとうございます！　それじゃこれから私のことは気軽にティアって呼んでくださいね？」

「わ、わかりました……っ」

するとユフィさんは何度か深呼吸をした後、少し照《て》れているような、困ったような顔でポツリとつぶやいた。

「てぃ、ティア……？」

伏し目がちに、どこか気恥《きは》ずかしそうに私の名前を呼んだユフィさんは——抱きしめたくなるほどに可愛《かわい》らしかった。

「うん——よろしくね、ユフィ」

そうしてお互いの名前を呼び合ったところで、ユフィは優しい笑みを浮かべながら口を開いた。

「友達……ふふっ、何だか奇妙な感じです」

「え、どうして？」

「実は……ティアと同じで、私も友達と言える存在はこれまでは一人もいませんでした」

「そ、そうなの？」

お城の中にあれだけの人がいるんだから、きっといっぱいお友達がいると思っていた。でも、実際はそういうわけじゃないみたいだった。

「はい。私はこのロンドミリア皇国の皇女《こうじょ》。生まれたその瞬間から、ずっと他国から狙《ねら》われ続けていて……友達を作るような環境ではありませんでした。実際に何度か誘拐《ゆうかい》されかけたこともあります」

「そ、それって大丈夫なの？」

「そのときは爺《じい》や――さっきの髭《ひげ》の立派《りっぱ》なカロン＝エステバインが寸前で異常に気づき、事なきを得ました」

「よかった……」

それにしてもあの髭モジャ……間違いなく変な人ではあるけど、実は凄《すご》い人でもあるようだ。あの立派な髭は見かけ倒しではない……。

「でも、私は本当に嬉《うれ》しいです。私の初めての友達がティアのような優しい子で」

「そ、そう……かな？」

そんな風に真正面から言われると……何だかとっても照れ臭かった。

「はい、ティアはとっても心の澄《す》んだ人です。目を見ればわかりますよ」

「あ、ありがとう」

「これからもずっと一緒にいましょうね、ティア」

「……う、うんっ！」

そんな風に言ってもらえて本当に嬉しかった。

本当にとっても嬉しかったんだけど……。

さっきからずっと引っ掛かっていることがあった。

「でもね、ユフィ……さっきからずっと敬語なんだけど……」

目を細めて、ジト目でユフィの顔を見ると。

「す、すみま――ご、ごめんなさい。今までずっとこういう喋り方でしたから……なかなか勝手がわからなくて……。これでも十分に砕《くだ》けた喋り方をしているつもりなんだけど……。慣れるまで少し時間がかかりそう」

「そっか、わかった。それじゃちょっとずつでいいから、お願いするね」

そうしてお話がひと段落したところで、ユフィはゆっくりと立ち上がった。

「ねぇ、ティア。そろそろ別の温泉に入りませんか？　まだまだ他にもいろいろなものがありますよ」

「うん、わかった」

そうして湯船から立ち上がったそのとき。

（あ、あれ……？　なんだか目が……）

世界がグラリと揺れた。

そしてその揺れはどんどん大きくなっていく。

自分が今立っているのか座っているのかもわからないほどに。

（あっ、これやばい、かも……？　もしかして魔力が尽き……ちゃ………った？）

「ティア……？　ティア……!?」

だんだんと薄れていく意識の中で、ユフィが私の名前を必死に呼ぶ声が聞こえた。

（ごめんね、ユフィ……せっかく、お友達に……なれた、のに……っ）

「め、目を開けて……起きてください、ティアっ！」

そうして私の意識は、そこで途絶《とだ》えてしまった。

五：聖女の夜

あれからどれくらいが経《た》っただろう。

ゆっくりと目を開けるとそこには、知らない天井があった。

どうやら仰向《あおむ》けに寝かされているらしい。

「うっ……。こ、ここは……？」

まだぼんやりとした意識の中、ゆっくりと上体を起こすと、

「あっ、ティア、目が覚めたのですね」

私の横に座っていたユフィが、ホッと胸を撫《な》で下ろした。

「ユ、フィ……？　こ、ここは……？」

「安心してください。私の私室です」

「……そっ、か」

完全に上体を起こし切った私は、背面のベッドボードに体を預けて座った。

「もう起き上がっても大丈夫なんですか？」

「うん、多分大丈夫だと思う」

両手をグーパーさせてみても、若干《じゃっかん》動きは鈍《にぶ》いけれどしっかりと動いてくれている。

「それにしても……私はどうしちゃったのかな？　あんな話の後だったから、魔力が尽きちゃったのかと思って怖かったよ……」

「私も心臓が止まるかと思いました……。ですが、安心してください。城内の医師に診《み》せたところ、ただのぼせちゃってただけみたいですから」

「えっ⁉　そ、そうだったんだ……っ」

思い返せば……お風呂の中でいろいろと長いこと話し込んでいた気がする。

「はい。急にお湯の中に沈んでいくものですから、もうビックリしたんですよ？」

「ご、ごめんね……。それと、ありがとう。もしかしてずっと横にいてくれたの？」

「だ、だって、お友達……ですから。これぐらいは当然ですよ！」

ユフィは少し照《て》れ臭そうに笑いながら、そんな嬉《うれ》しいことを言ってくれた。

そうしてちょっと会話が落ち着いてきたところで、彼女はとんでもないことを言った。

「それにしても……本当に美しいお体ですね」

「……え？　…………～っ⁉」

その言葉の意味を正しく理解した瞬間。火が付いたように顔が真っ赤になった。

私はあの温泉の中で倒れたのだ。

しかし、今現在、私の体は濡《ぬ》れてもいないし、清潔なパジャマを着た状態でベッドにいる。

つまり……誰かが私の体を綺麗《きれい》に拭《ふ》いてくれた……ということだ。

「あ、ご安心ください。すべて私一人で介抱《かいほう》いたしましたので、誰一人として他の者の目に触れてはいませんから」

「そ、そっか……っ」

多くの人に裸《はだか》を見られていないと知ってホッとした部分もあるけど、友達に全《すべ》てを見られてしまったわけで、安堵《あんど》感半分、恥《は》ずかしさ半分だ。

「うう……もうお嫁に行けない……」

掛け布団《ふとん》をガバッと抱え込み、真っ赤になった顔を隠す。

「ふふっ、それでは私がもらってしまいましょうかしら?」

「……え、ええっ!?」

わ、私とユフィが……そ、そんなこと……っ。

そうして、めいいっぱい想像を膨《ふく》らませたところで――。

「うふふっ、冗談ですよ」

彼女は悪戯《いたずら》っ子のようにクスクスと笑った。

「も、もう！　ちょっと本気で考えちゃったじゃないっ！」

「あはは、すみません。あんまりにも可愛《かわい》かったものですから、つい」

「『つい』じゃないよ、もう！」

私がぷくーっと頬《ほお》を膨らませると、ユフィは「ごめんなさい」と言って両手を顔の前で合わせた。その仕草《しぐさ》がとっても可愛かったので……仕方なく許してあげた。

そうして二人で楽しくお話をしていると、ユフィが思い出したかのように声をあげた。

「あっ、そうだ。ティア、喉《のど》は渇《かわ》いていないですか？」

「そう言われると、何だか渇いてきたみたい……」

一度意識をしてしまうと、急速に喉が乾燥していくようだった。

「そうですか。では、ちょっと待っていてくださいね」

そう言うとユフィは立ち上がり、部屋の隅《すみ》に置かれている直方体の大きな箱の中から、精巧《せいこう》な作りのガラス瓶《びん》を二本取り出した。

「はい、どうぞ」

「あ、ありがと……冷たっ!?」

そのガラス瓶は、今までずっと川で冷されていたみたいにキンキンに冷えていた。

うっかり落っことしそうになったところを何とか両手でキャッチし、まじまじとその中身を見る。瓶の中には少し薄めたオレンジ色の液体が詰まっていて、とても綺麗だった。

「こ、これは……？」

「お風呂上りに飲む一般的な飲料です。フルーツ牛乳といって、とってもおいしいんですよ？」

そう言って彼女は、ガラス瓶の上についている紙の蓋《ふた》を器用に剝《は》がし、ゴクゴクとその中身を飲み始めた。

「……ふぅ。とっても甘くておいしいです」

「な、なるほど……」

ユフィの真似《まね》をして、紙の蓋を指で取り外す。

初めてのことなのでちょっとだけ苦戦したけど、何とか綺麗に外すことができた。

いったいどんな味がするのか全くの未知だけど……。ユフィもおいしそうに飲んでいたし、きっと体に悪いものではないはずだ。

「い、いただきます……。…………っ!?」

意を決した私がそれを口に含むと――そのあまりの衝撃に思わず目を見開いた。

程よいさっぱりとした飲み口。

キンキンに冷えた圧倒的な喉越し。

果実のほんのりとした甘味が後を引く。

お風呂でのぼせてしまった体にこれは……おいし過ぎた。

「ゆ、ユフィっ！　とってもおいしいよ、これっ！」

興奮《こうふん》気味にそう言うと、彼女は嬉しそうにはにかんだ。

「ふふっ、それは良かったです。明日はコーヒー牛乳を準備しておきますので、楽しみにしていてくださいね」

「こ、コーヒー牛乳……!?」

あの苦いコーヒーに牛乳を……!?

(そんなのおいしいはずが……)

——いや、わからない。これぱっかりはわからない。

(で、でも、コーヒーに牛乳を加えるなんて……)

なんという悪魔的な発想であろうか……。

シャワーの件といい……ロンドミリア皇国は、私のいた世界よりも遙《はる》かに進んだ技術を持っているのかもしれない。

(恐るべし、ロンドミリア皇国……っ)

私が一人そんなことを考えていると。

「ところでティア、明日は少し一緒に来てもらいたいところがあるのですが……よろしいでしょうか?」

ユフィが明日の予定について話しかけてきた。

「えっと、どこに行くつもりなの?」

「聖殿です」

聖殿——確か、初めて呼び出されたときにいたあの大きな建物の名前だ。

「べ、別に構わないけど……何をするつもりなの？」

先の一件であそこはもうほとんど廃墟《はいきょ》みたいになっていたはず。

いつ崩《くず》れてしまうかもしれないような危険な建物には、正直あまり行きたくなかった。

「いえ、ティアの聖女としてのステータスを正確に測《はか》りたいなと思いまして」

「聖女としてのステータス……？」

そういえばさっきお風呂で、少しそんな話をしたような記憶がある。

聖女には固有のステータスがあり、召喚士《しょうかんし》であるユフィにはそれが見えるとかなんとか……。

「一応、私の目にも『ぼんやり』とは、見えているのですが……」

ユフィは少しの間、ジーッと私の顔を見つめて……難しい表情を浮かべた。

「どうしてでしょうか……。ティアのステータスを『はっきり』と見ることができないんです……」

「そ、そうなの？」

「はい……。ですが、ご安心ください。神殿の機能を利用すれば、ティアのステータスをしっかりと確認することができますから」

それから少しの間ちょっとした雑談をしたところで、

「そろそろいいお時間ですし――今日はもう寝ましょうか」

ユフィはそう言いながら、私のいるベッドに座った。

「い、一緒に寝るの……っ!?」

「はい。召喚士と聖女様は……という例の伝統です」

クスリと笑いながら、ユフィはそう言った。

このベッドは大きなダブルベッドだから窮屈《きゅうくつ》に感じることはない……ないんだけれど……。

「あっ、もしさっきみたいにどうしても嫌なときは、遠慮なく言ってくださいね？」

「う、ううん……大丈夫だよ」

同じ女の子同士だし、夜一緒のベッドで寝るのは……ギリギリセーフ、だと思う。

「ふふっ、ありがとうございます」

そう言って彼女は私の右隣で横になった。その綺麗な金髪からは、ほんのりと石鹸《せっけん》のいいにおいがした。

「ほら、ティアも」

ユフィはポンポンとベッドの上を優しく叩《たた》いた。

早く一緒に寝ようという意味だ。

「う、うんっ」

そうしてモゾモゾと掛け布団の中に入り、ごろんと寝転がると——ばっちりユフィと目が合った。

「……何だか、ドキドキしますね」

「そ、そうだね……っ」

私は基本家では一人で寝ているので、横に誰かがいるというのは……何というかとても新鮮な感じだった。

「では明かりを落としますね」

「うん、ありがと」

ユフィが枕元にあった長方形の板を操作すると、部屋の明かりが消えて真っ暗になった。

「おやすみなさい、ティア」

「うん、おやすみ、ユフィ」

最初は胸がドキドキして寝られないんじゃないかと不安だったけど……。

今日はいろんなことがあって疲れていたせいか、ゆっくりと瞼《まぶた》が落ちていき——気づけば夢の中だった。

■

ロンドミリアの聖殿へ奇襲《きしゅう》を仕掛けた黒い甲冑《かっちゅう》を着た兵たちは、自国であるドミーナ王国の聖殿へと帰還《きかん》した。

「……畜生《ちくしよう》っ」

「なんでなんだよ……っ」

「ロンドミリアのくそったれどもがっ！」

そこかしこからそんな声が漏《も》れた。

彼らの顔に浮かんでいたのは悔《くや》しさ。

計画が最悪の形で終わりを迎えたことによる絶望。

負のオーラが彼らを包み込んでいた。

ドミーナ王国の計画は順調だった。

独自の情報網《もう》からロンドミリア皇国が今晩、聖女召喚の儀を執《と》り行うということを摑《つか》み、この日のために万全《ばんぜん》の準備をしてきた。あの我がままな邪神に何度も何度も頭を下げ、剣や甲冑に旗印《はたじるし》を刻《きざ》んでもらった。これにより装備の質は遙かに向上し、実際ロンドミリアへの奇襲は途中まで成功していた。

そしてそのあまりの戦力差に耐えられず、ロンドミリアは苦肉の策に打って出た。

聖女の召喚を定刻の零時《れいじ》よりかなり前倒しにしたのだ。

ドミーナ王国の理想は聖女を召喚させないことだが、召喚を早めただけでもこの奇襲は大成功だった。

聖殿の機能が最高に発揮《はっき》されるのは深夜の零時ちょうど。

それ以前に召喚を行った場合、碌《ろく》な聖女が召喚された例《ためし》がない。これは長い歴史を見ても明らかだった。

結果として召喚された聖女は、ハズレもハズレの大ハズレ――闘神《とうしん》だった。

ドミーナ王国の兵は喜びに沸いた。

長い歴史を持つ聖女大戦において、過去一度として闘神が勝利した例はない。

憎《にく》きロンドミリアめ！　ざまぁみやがれっ！　誰もが心中でそう叫んでいた。

ここまではよかった。計画は順調に進んでいたのだ。

ただ一点――その聖女が異物《イレギュラー》だったという点を除けば。

その聖女の知能は高かった。

闘神クラスで召喚されたにもかかわらず、意思疎通《そつう》ができた。

流暢《りゅうちょう》に喋《しゃべ》るどころか、論理的な思考さえも持っているようだった。

何より、馬鹿《ばか》げた腕力を持っていた。

闘神クラスは知能にマイナス補正がかかる代わりに、腕力に大きくプラス補正がある。それを考慮したとしても異常な腕力だった。

十重二十重《とえはたえ》と結界《けっかい》が施《ほどこ》された聖殿が、ただのバケツの一振りで破壊された。

ただのバケツに、だ。

「くそがっ！　ロンドミリアのゴミどもめっ！」

この作戦の総指揮を任されていた男は、自《みずか》らの黒兜《くろかぶと》を投げ捨て口汚くののしった。

すると、

「ねぇー。反省会はもう終わり？」

聖殿内の高台から、冷たい声が聞こえた。

「せ、聖女様ッ!?」

その姿を視認した瞬間、彼らは慌《あわ》てて平伏《へいふく》した。

ドミーナ王国が召喚した聖女。リリ＝ローゼンベルグ。

身長百五十センチメートルほどの、外見は十代前半の少女。

うっすらとピンクがかった銀髪は、後ろで結《ゆ》ったハーフアップ。

白と黒の露出《ろしゅつ》の多い拘束衣《こうそくい》のような服を着ている。

そのクラスは『邪神』という非常に優秀なクラスであった。

彼女は心底呆《しんそこあき》れた様子で、大きなため息をついた。

「どうした？　その無様《ぶざま》ななりはよぉ？　まさか……失敗した、なんて言わねぇよな？」

「……っ。も、申し訳……ございません……っ」

指揮官の男は強く歯を嚙《か》み締めながらそう言った。

「はぁ……。ったく、あたしの旗印もあって撤退《てったい》してくるたぁ、どういう了見だ？　あぁ？」

リリの苛立《いらだ》った怒声《どせい》が静かな聖殿に響きわたった。

彼らの剣や甲冑には旗印が刻まれている。

これによって彼らはリリの加護【邪神の旗印】の効果を受け、身体能力が大きく向上していた。

それにもかかわらず、無様に逃げ帰ってきたため彼女の機嫌はすこぶる悪かった。

「も、申し訳ございません……っ。で、ですがこれには深い理由がありましてっ！」

そうして彼らはあの場で何が起きたのかを必死に説明した。

計画は順調に進んでいたこと。

ロンドミリアが召喚を前倒しにしたこと。

召喚された聖女が聖殿を破壊したこと。

そこまで喋ったところで――。

「聖殿をぶっ壊したぁ？」

突如《とつじょ》、リリが大きく噴《ふ》き出した。

「あっはっはっはっはっはっ！　自滅かよ、おい！　もしかして奴等《やつら》、闘神でも引いちまったのかぁ？」

「はい……どうやらそのようでした」

「お、おいおいおい、それじゃあたしが手を出すまでもないじゃねぇか……」

リリはがっくりと肩を落とし、ため息をついた。

闘神クラスがハズレ枠《わく》とされる理由の一つとして『暴走』があげられる。

あまりに知能が低いゆえに、闘神クラスの聖女は召喚士とさえ対話できないことがままあった。その場合、闘神は誰が敵で誰が味方かもわからずに力の限り暴れ回る。そうして何もかもを破壊し尽くした後に、魔力切れにより消滅するのだ。

そんなリリに、指揮官の男は一つの事実を告げた。

「ただその闘神は――異物《イレギュラー》でございました」

「っ!?」

リリの眉《まゆ》がピクリと動いた。

「それは……間違いないのか？」

「は、はいっ」

「異物か……それは厄介《やっかい》だな」

異物――それは通常のクラス特性にはない、不思議な力を操《あやつ》る聖女のことを指す。

しかし、その数は少なく、これまでほんの数人しか確認されていない。

黒い太陽を操る太陽神。

歴史上未確認の『剣神』クラスの聖女。

そして今回――異常に高い知能を持つ闘神。

異物の能力は未知数だが、過去のどの聖女大戦においても――彼女たちは必ず波乱を巻き起こす存在であった。

「まぁ、いい。どのみちこの邪神様の相手じゃねぇよ。——ほらっ、さっさと準備しろ」

高台から飛び降りた邪神は、目の前で平伏する兵たちに言葉足らずの命令を下した。

「な、なにを……でしょうか?」

「なにって……出撃の準備に決まってんだろうが。兵隊集めて武器持って、明日にはここを出るからな」

六：聖女のレベル

その翌日。

私はユフィと髭《ひげ》モジャに連れられ、廃墟《はいきょ》同然となった聖殿へと足を運んでいた。

目的はもちろん、私のステータスを正確に測定することだ。

「ささっ、聖女様。どうぞこちらの高台までおいでください」

何故《なぜ》か異様にテンションの高い髭モジャは、鼻息を荒くして高台を身軽に登っていった。

「ティア、足元に気をつけてくださいね」

ユフィは意外にもスイスイと、軽やかな足取りで階段を登っていく。

一国を束ねる立場ということもあって、いろいろとトレーニングをしているのかもしれない。

「う、うん、ありがと」

私は恐る恐るといった感じで階段の一段目に足をかけた。

(だ、大丈夫……だよね？)

二人が既《すで》に通ったところなので、ほぼ間違いなく大丈夫なのだが……。

いざ自分が足を乗っけるとなると、少し臆病《おくびょう》風に吹かれてしまう。

（だ、大丈夫……っ。私はそんなに重たくない……はず）

少しばかり勇気を出して、階段に体重をかけてみると。

（お、おぉ……っ。セーフだ……っ）

基礎がしっかりとしているのか、ヒビの入った石段はピクリとも動かなかった。

最初の一歩をこなせば、後は気楽なもの。

そのまま一気に高台の一番上まで登ると、白い線で描かれた大きな魔法陣が目に入った。

「どうですか、爺《じい》や？　聖殿はきちんと機能していますか？」

「もちろん、問題ございません。いくら建物が損傷《そんしょう》しようと、それは所詮《しょせん》ただの『皮』のようなもの。『この場』に聖殿がある限り、その本質が失われることはありません」

二人は何だか難しい話をしていたけれど、とにかく聖殿は無事なようだった。

「さっ、聖女様、どうぞこの魔法陣の中心へお立ちくださいま……っと、これは失礼いたしました。その前にまずは少し説明をする必要がありますな。私としたことが、少々急ぎ過ぎてしまったようです。申し訳ございません」

そう言って髭モジャは深く頭を下げて謝ってきた。

相変わらず一つ一つの行動や発言が大袈裟《おおげさ》な髭だ。

「い、いいえ、全然大丈夫です」

「おぉ……っ！　左様《さよう》でございますか！　聖女様の慈悲《じひ》深きお心に感謝いたします」

髭モジャは再び深く頭を下げると、ゆっくり説明を始めた。

「数百年の歴史を持つこの聖殿には、いくつもの特別な機能が備わっております。例《たと》えば聖女召喚《しょうかん》の儀や聖女様との契約を結ぶ聖痕《スティグマ》も、聖殿の持つ聖なる力を借りてのこと。そしてその機能の一つに、聖女様のステータスを計測するというものがあります」

「な、なるほど……」

とにかくこの聖殿が本当に大事な建物だということはよくわかった。

「聖女様のステータスは腕力・知能・耐久《たいきゅう》・敏捷《びんしょう》・魔力・幸運の六系統、それぞれSランク〜Fランクの七段階で評価されます。これらは聖女様だけが持つ特別なステータスでございます」

全く同じ内容を昨晩ユフィから聞いたばかりだけど、わざわざ丁寧《ていねい》に教えてくれているので黙ってコクリと頷《うなず》く。

「ただし、聖女様の力はステータスのみで推《お》し量《はか》れるものではございません。単純な能力としてはステータス×レベルという関係にあるとお考えください」

「なるほど……」

私のいたあの世界とは違うみたいだけど、こっちの世界にもレベルというものがあるらしい。

するど髭モジャは、

「そういえば聖女様は、いったい何レベルなのでしょうか……？」

非常に回答に困る質問を投げかけてきた。

(うっ……。いったい……どれくらいを言えばいいんだろう)

私の本当のレベルは9999……。お父さんとお母さんの話では、生まれたときからこのレベルだったらしい。

(本当ならこれをそのまま伝えればいいんだろうけど……)

二人からは「自分のレベルをみだりに言い回るものではない」と耳にタコができるぐらいに注意されている。いつもは優しいお父さんが、どうしてかこのときだけはとても真剣な顔をしていたのをよく覚えている。

(友達に――ユフィに嘘《うそ》をつくのは申し訳ないけど……)

お父さんとお母さんは多分、私のためを思って言ってくれているに違いない。

だから私は、申し訳ない気持ちになりながらも、嘘のレベルを伝えることにした。

「え、えーっと……100ぐらい、かな?」

とりあえず、かなり低めのレベルを言ってみると――。

「な、何と100レベルですかっ!?」

髭モジャが目をひん剝《む》いて、こちらに詰め寄ってきた。

……まずい。少し低く言い過ぎたかもしれない。

「あ、え、えーっと……っ。実は……」

目をあちらこちらに泳がせながら、どれくらいのレベルに言い直そうかと考えていると。

「凄《すご》いです！　さすがはティアっ！」

ユフィが私の両手をギュッと握ってきた。

「……え？」

どういうわけかその目には羨望《せんぼう》の光が灯《とも》っており、握る手の力がちょっと強かった。

続けて髭モジャは鼻息を荒くしながら、早口で解説を加えた。

「私の調べによりますと――我が国における歴代の聖女様の平均レベルは約70。それに言い伝えによりますと、この世界のレベル上限は100。つまり、聖女様はまさに歴代最強クラスのお力をお持ちということになりますぞ！」

（え、えー……）

「レベル100って、そんなに凄いんですか……？」

「それはもうっ！　ここにいる爺や――ロンドミリア皇国最強の魔法師カロン＝エステバインでさえ、そのレベルは21でございますから。レベル100となると……もはやどれくらいの強さなのか想像すらつきません！」

「やはり『聖女』は人間とは一線を画《かく》す能力がありますな！」

「あ、ありがとう、ございます」

嘘をついたのに――それもかなり低めにしたのに……こんなに褒《ほ》められるなんて……。

何とも言えない微妙な気持ちになりながらも、とりあえずお礼を言った。

「それでは聖女様。そろそろステータスを測定いたしますので、そちらの魔法陣の上に移動していただいてもよろしいですかな？」

「は、はい」

私は言われた通りに高台の中央にある魔法陣の上に立つ。

「それでは開始いたします。お体の力を抜いて、リラックスしてくださいませ」

髭モジャの言う通りに体の力を抜き、深呼吸をして呼吸を整えた。

それから少しすると――突然、足元の魔法陣が緑色に発光し始めた。

「わ、わわっ!?」

何というか、とても不思議な感覚だった。

すると不思議なことに私の頭上にいくつもの文字が出現した。

その文字を見た二人は、

「こ、これは……っ？」

「す、すごい……っ！」

大きく口を開き、目を見開いていた。

(な、何が書かれてあるの……っ!?)

慌《あわ》てて魔法陣から飛び出し、そこに書かれた文字を見る。

聖女　ティア＝ゴールドレイス

クラス　闘神《とうしん》
腕力　S
知能　F
耐久　A
敏捷　A
魔力　S
幸運　S

加護
【英雄の娘】武術を極《きわ》めた英雄の娘。全《すべ》ての武術を即時に会得《えとく》可能。
【剣聖の娘】剣術を極めた剣聖の娘。全ての剣術を即時に会得可能。
【武器の心得《こころえ》】武器の扱い方を即時に理解可能。
【徒手《としゅ》の心得】一切の無駄を排した体裁《たいさば》きが可能。
【理《ことわり》の超越者】理外《りがい》の存在である彼女は全ての理を超越可能。

ほぼ全てのステータスがAランク以上。腕力と魔力、幸運に至《いた》っては最高ランクのSだった。

二人の反応を見なくてもわかる――これはあまりに凄過ぎではないだろうか？

加えて下の方には、『加護』という何だかよくわからないものがビッシリと書き込まれていた。

「す、素晴らしい……っ！」

髭モジャのつぶやきが、静かな聖殿に大きく響いた。

■

確かに私のステータスはとんでもないものだった。

一瞬、『何かの間違いでは……？』と思ってしまうほどに。

でもその中で一つ、どうしても気になる項目があった。

（ち、知能が……え、F……!?）

髭モジャの話によるとステータスのランクはS～Fまでの七段階――つまり、私はとっても頭が悪いと判定されてしまったのだ。これはあまりにも恥《は》ずかしい。

（他の諸々《もろもろ》と合わせて考えると……。絶対におかしいよね、これ……）

腕力がSもあるはずがない。それは私の線の細い体を見れば一目瞭然《いちもくりょうぜん》だ。それに一番おかしいのは魔力がSということだ。私は生まれてこの方魔法を習ったことがないし、お父さんとお母さんも魔法はからっきしだと言っていた。

「こ、これちょっとおかしいですよね……？　ほ、ほら知能がFなんて……ね？」

前半は髭モジャに対する問いかけで、後半はユフィに同意を求めたものだ。

するとニ人は真剣な表情で口を開いた。

「ふむ、それは闘神クラスの負の側面でしょうな……」

「はい、間違いありませんね……」

どうやら二人はこのステータス情報が間違っているとは微塵《みじん》も思っていないようだった。

『闘神クラスの負の側面』——その言葉の意味がわからなかった私は、ただ小首を傾《かし》げた。

するとそれを敏感に察知《さっち》した髭モジャが、「これは失礼いたしました」と前置きしたうえで説明を始めてくれた。

髭はこんな風に見えてすごく気が利《き》く。昨日も自然な素振りで椅子《いす》を引いてくれたり、今みたいにこちらの理解度に目を光らせてくれている。私の中で髭モジャへの好感度がジワジワと上がってきていた。

「聖女様はその召喚されたクラスに応じて、ステータスに大きな補正がかかります。例《たと》えば雷神であれば『敏捷』が強化される代わりに、『耐久』が弱体化される。闘神であれば『腕力』が強化される反面、『知能』が弱体化されるといった具合でございます」

「な、なるほど……」

……つまり、私は元々頭が悪くて知能がFになったのではなく、闘神というクラスのせいで、こんなひどい評価になっているというわけだ。

「本来知能がF――ここまで目が当てられないほど低ければ、言語を操《あやつ》ることはおろか、意思の疎通《そつう》を図《はか》ることすらも難しいはずですが……。さすがは100レベルでございますな！　本来あまりにも低過ぎる知能を、その高いレベル補正で補《おぎな》っているのでしょうな！　お見事でございます、聖女様！」

「そ、それはどうも……っ」

正直、あんまり嬉《うれ》しくない……。むしろ遠回しに馬鹿《ばか》にされたような気分になってしまう。

髭モジャに対する好感度がジワジワと下がっていくのを感じた。

「それにしても……特筆すべきはやはり『加護』の多さですね」

ユフィは私のステータスを見ながらシミジミとそうつぶやいた。

「……加護？」

そう言えばステータスの下にはギッシリと文字が詰まっていて、何だかよくわからないことがズラズラと書き連ねられていた。

「加護というのは、その聖女が持つ固有の能力のことです。有名どころですと、魔法の威力《いりょく》を強化する【魔の理】や耐久力を強化する【金剛《こんごう》の鎧《よろい》】などがあります」

「へぇ……、そうなんだ」

それから一応全ての加護に目を通した。

「【英雄の娘】に【剣聖の娘】……」

この英雄と剣聖というのはお父さんとお母さんのことで間違いない。

何十年以上も昔――私が生まれるよりもずっと前、世界は魔王と呼ばれる恐ろしい悪魔に支配されていたらしい。それを討伐《とうばつ》したのがお父さんとお母さん……という話だ。嘘か本当かはわからないけど、お父さんが酔っ払ったときに、よく話してくれた。

お母さんは、「話半分で聞いておきなさいよ」と言っていたけど、小さい頃の私はそのお話が大好きで、何度も『お話しして！』とねだっていた。今でもどんな話だったかよく覚えているほどに、何度も何度も聞かせてもらった。

そんな昔のことを思い出していると、突然髭モジャが大声をあげ始めた。

「それにしても見事なまでの近接戦闘特化！　美しいステータス配分でございます！　このあたりは闘神クラスの影響を強く受けておりますな！　圧倒的なステータスに加え、レベルは上限いっぱいの100！　――まさに規格外！　これは勝ったも同然ですなっ！」

「爺や、油断と慢心《まんしん》は禁物ですよ？」

「これはこれは陛下《へいか》。申し訳ございません……ふふふっ。しかし、笑いが止まらんのですよ！　ふふふふっ、はーはっはっはっはっはっはっはっ！」

……やっぱり髭モジャは危ない人だ。常識と非常識が混在しているような……とにかく変な人だった。

その後、無事にステータスの確認を終えた私たちは一度お城へと帰ることになった。そこで聖女大戦の詳《くわ》しい話をしてくれるみたいだ。

「ティア、足元に気をつけてね」

高台から降りるときにも、ユフィはそう声をかけてくれた。

「ありがとう」

登りの時よりも、降りの時の方がその高さをより実感できるためか少し怖かった。

しかし、一度ここまで登ってきたということもあり、階段の耐久性《たいきゅうせい》に問題がないことはわかっている。

なるべく下を見ないように、階段だけを凝視《ぎょうし》しながらゆっくりと一段一段踏み外さないように歩みを進め、ようやく高台から降りることができた。

（ふぅ、ドキドキした……）

どうやら私は高い所が苦手なようだ。元の世界ではこんな高いところまで登ったことがないので、今初めて知ったことだ。

（……それにしてもよく崩《くず》れないなぁ）

高台だけでなく、このボロボロになった聖殿を見てふとそう思った。

建築技術がとっても進んでいるのかな？

そんなことを考えながら、キョロキョロと聖殿を見回していると、

「……っ!?」

見てしまった。

黒い甲冑《かっちゅう》を着た男の人が仰向《あおむ》けで、無造作《むぞうさ》に転がっているのを。

瞳孔《どうこう》は完全に開き切っていて、お腹《なか》のあたりに白い槍《やり》が深々と突き刺さっている。

それはそれは壮絶《そうぜつ》な死に顔だった。つい目を覆《おお》いたくなるほどに。

「ゆ、ユフィ……っ」

震える手で彼女の服の袖《そで》を握ると、

「どうしまし……っ!?　み、見てはいけません、ティアッ！」

私と同じように死体を発見したユフィは、いち早く私と死体の間に立った。

同時にこの騒動に気づいた髭《ひげ》モジャは、すぐさま動き出した。

「こ、これは、大変失礼いたしましたっ！　何をやっている！　昨日のうちに徹底的に掃除をしておけと言っただろう！」

「も、申し訳ございませんっ！」

髭モジャの大きな声が響き、背後に控《ひか》えていた白い甲冑が慌《あわ》ただしく動き始めた。彼らのう

ち数名が素早く死体を外へ運び出し——聖殿内には何とも言えない空気が流れた。

そんな中、

「その……よろしければ、黒い甲冑の人たちのことを教えてもらえませんか……？」

私は勇気を出してそう問いかけた。

昨日の晩。ちょうどこの場所で、白い甲冑と黒い甲冑は戦っていた。それも喧嘩《けんか》なんてちっちゃな規模ではない。本気も本気の——殺し合いをしていた。

（多分だけど、あれもきっと聖女大戦の一部なんだよね……？）

だから私はお城に帰ってゆっくりとではなく、今知りたかった。

あの人の壮絶な死に顔が脳裏《のうり》に刻《きざ》まれた今、聞いておきたかった。私がこれから踏み入れる戦いの怖さを。

「ううむ……っ」

髭モジャは小さく唸《うな》り声をあげた。

どうやらこの場で話すべきかどうか悩んでいるようだった。彼の視線は許可を求めるようにユフィへと泳ぎ、彼女はしばし迷った後にコクリと頷《うなず》いた。

「……先の黒い甲冑を着た兵は、ドミーナ王国の兵でございます」

髭モジャの口から出た国の名前は、全く聞いたことのないものだった。

「ドミーナ王国……？」

「はい。ここロンドミリアからひたすら南方へ進んだところにある小国でございまして……。うちとは昔から非常に険悪な仲となっております。ふむ……そうですな、まずは昨日の小競《こぜ》り合いのことからお話しいたしましょうか……」

そうして髭モジャはゆっくりと話を進めてくれた。

「昨日、我らは聖女召喚《しょうかん》の儀を執《と》り行うために聖殿へ集まっておりました。聖女召喚の儀は、世界で最も難易度の高い儀式魔法。その国一番の召喚士が全神経を集中させても成功できるかどうかというレベルのものでございます。大変繊細《せんさい》かつ集中力を要する魔法故《ゆえ》に、不意の襲撃《しゅうげき》を受けぬよう日程も時間も全《すべ》て機密扱いだったのですが……」

彼は大きくため息をついた。

「どこかから情報が漏《も》れていたのでしょうな……。奴等《やつら》は時空間魔法を使用し、突如《とつじょ》ここへ乗り込んできました。目的は我々の聖女召喚の儀を妨害することで間違いないでしょう」

お腹の底から怒りが込み上げてきているのか、髭モジャは強く拳《こぶし》を握っていた。

「本来ならば開戦前の攻撃は、大きなルール違反！　……ではありますが、残念なことに明文化された規則ではないのです。所詮《しょせん》は遥《はる》か昔に取り決められた紳士協定。罰則《ばっそく》もなければ、強制力もない。それに他陣営がお互いに潰《つぶ》し合っているのを止める陣営などおりません……」

無念そうに髭モジャは首を横に振り、ユフィさんはそこに補足説明を加えた。

「それに何より向こうは聖女を動かしてはいませんからね……。聖女大戦とは何の関係もない

――単なる武力衝突だと開き直ってくるでしょう」

ぶ、武力衝突も十分大きな問題だと思うけど……。

そのあたりの国同士の建前や政治のことについてはよくわからない。

しかし、一つ気になることがあった。

「どうしてそんなに仲が悪いんですか？」

最初に髭モジャは、ロンドミリア皇国とドミーナ王国は昔から非常に険悪だと言っていた。

そして実際、聖女大戦が始まる前からドミーナ王国はこちらに先制攻撃を仕掛けてきている。

よほど強い恨《うら》みを買っていないと、こんなことはしないはずだ。

その質問に答えてくれたのはユフィだった。

「向こうの言い分は、本当にただの言いがかりのようなものです……。あれは第四回の聖女大戦のことです。我がロンドミリアは歴史上確認されていないクラス『剣神』を引き当て、聖女大戦を制することができました。そのとき――最後に一騎打ちとなった相手がドミーナ王国の創造神だったのです」

剣神に創造神……どちらも強そうな名前だ。

そんなことを思いながら私はコクリと頷き、話の続きを促《うなが》す。

「歴史書によれば、一騎打ちによる正々堂々《せいせいどうどう》とした決着。遺恨《いこん》が残るようなものではなかったと記されております。これはロンドミリアの歴史書のみならず、他国のものでも確認されておりますから間違いありません。つまり――完全なる逆恨《さかうら》みを買ってしまっただけなのです」

「な、なるほど……」

私が今聞いた話を脳内で整理しようとしたところで、
ヴーヴーヴーッ
突如、けたたましい警告音が鳴り響いた。まるで聖殿が鳴いているかのような大きな音だ。

同時に髭モジャが叫んだ。

「こ、これは時空間魔法っ!?　て、敵襲、敵襲ですぞっ！」

その直後、聖殿のちょうど真ん中あたりにぽっかりと大きな黒い穴が空《あ》き、そこからゾロゾロと昨日のと同じ黒い甲冑が現れた。前回よりも遥かに数が多い。

「百……いや、二百か……っ。これほどの数を一度に転移させるとは……聖女の魔力を使いおったな……っ」

髭モジャの額《ひたい》にタラリと大粒の汗《あせ》が流れた。

黒い甲冑は隊列を組むと襲《おそ》ってくるでもなく、そのまま静かにこちらを睨《にら》みつけていた。

するとユフィは私の耳元でボソリとつぶやいた。

「まだ聖女大戦の説明も終わっていない中、大変申し訳ないのですが……。ティア、お願いできますか？」

「え、えぇっ!?」

突然の事態に私が目を白黒させていると——大きな黒い穴の前に、小さな黒い穴が出現した。

そこからトテトテと、私と同じぐらいの背丈《せたけ》の女の子が現れた。

「あーあー……ぼっろい聖殿だなー、こりゃ」

その子はお人形みたいに整った顔をしており、

「ほらほらぁ、邪神リリ＝ローゼンベルグ様がお前らの国を潰しに来たぞぉ？」

ニンマリと笑いながら、信じられないことを口にした。

（あ、あれが私と同じ聖女……）

黒い甲冑の兵を従え、威風堂々《いふうどうどう》と立つその姿は——まさしく『聖女様』と呼ぶにふさわしい威厳《いげん》を示していた。

「せ、聖女まで引っ張り出してくるとは……っ。協定違反だぞ、ドミーナ王国よっ！」

しかし、邪神リリ＝ローゼンベルグはどこ吹く風といった調子で肩を竦《すく》めた。

髭モジャは鋭い口調で叱責《しっせき》した。

「うっせぇよ、髭。その立派《りっぱ》なの全部引き抜くぞ？」

「ぐ、ぐぬぬっ！　それは……この私をロンドミリア皇国の宮廷魔法師と知っての戯言《ざれごと》かっ！」

そう言って右手を頭上に掲《かか》げた髭モジャの手の上には、燃え盛る炎の球体がフワフワと浮かんでいた。

（ま、魔法だ……っ！）

魔法は私の世界にもある技術だ。

でも、お父さんもお母さんも——もちろん私も使えない。都の方ではほとんどの人が使えるみたいだけど、私の住んでいる村は本当に田舎《いなか》で誰も魔法なんて使えなかった。だから、この目で魔法を見るのは初めてだ。何というか……とってもかっこいい。

すると——。

「……あ？　誰に向かってモノ言ってんだ？」

髭が作り出したのよりも遥かに巨大な炎の塊《かたまり》を、なんと両手に出現させた。

それを見た髭モジャは、

「……」

黙って炎の球を消すとサッと私の背後に隠れた。

さっきの勢いはどこに行ってしまったんだろう……何かとってもかっこ悪い。

「せ、聖女様っ！　あのふとどきものに正義の鉄槌《てっつい》をお願いいたしますっ！」

「ティア……どうか、よろしくお願いします」

髭はともかくとして、ユフィに——大事な友達にお願いされたからには、やるだけやってみなければならない。

「が、頑張ってみるね……っ」

一度大きく深呼吸をした私は、一歩大きく前に踏み出した。

「それで？　ロンドミリアの聖女様は、あんたってことでいいの？」

髭モジャとの格の違いを見せつけた邪神リリは両手の炎を消し去り、私の方をジッと見ながらそう尋《たず》ねてきた。

「え、えっと……一応そう、みたいです……」

「……ぷっ。あっははははははっ！　喋《しゃべ》る闘神《とうしん》とはこりゃぁ傑作《けっさく》だ！　異物《イレギュラー》ってのはマジみてぇだなぁ！」

喋る闘神というのがそんなに面白《おもしろ》いものなのか、リリは私の方を見てお腹を抱えて笑っていた。

（そ、そんなに笑わなくても……っ）

何か言い返してやりたい気になったけど、相手はあんなに大きな炎を一瞬にして二つも作り出す恐ろしい聖女だ。

あまり安易に言い返してしまうのもどうかと思われた。

そうこうしている間にも、髭とユフィは私にギリギリ聞こえるぐらいの小さな声で会話をしていた。

「陛下《へいか》、あの不躾《ぶしつけ》な聖女のステータスは？」

「少々お待ちください……腕力C知能A耐久C敏捷《びんしょう》B魔力B幸運A。さすがは『邪神』クラス……かなり高水準にまとまった、いいステータスをしていますね……っ」

「なるほど……しかし、最高位のSランクはなし。それに知能を除く全ステータスにおいて、こちらの聖女様の方が上っ！　これは勝てる戦《いくさ》ですぞっ！」

知能のくだりは本当に余計だと思うけど……今の情報はとても大きい。

一応ステータスの上では、私はリリに勝っているみたいだ。

（そ、それなら……っ。勝つことは難しくても、追い返すことぐらいはできるかも……っ）

私のクラスは闘神。髭モジャの話によれば、近接戦闘においてはほとんど無敵の存在らしい。

……全然、そんな実感ないけど。それと情報ソースが髭モジャというところにそこはかとない不安を感じるけど……っ。

（あの恐ろしい炎に気をつけて、距離さえ詰めてしまえば……）

何とかなるかもしれない……っ！

そんな皮算用《かわざんよう》を頭の中でしていると、

「はいはい、つまんないつまんなーい。そんなステータスランクの小っせぇ違いで、ガタガタ言ってんじゃねぇよ」

リリは非常に耳がいいらしく、どうやらさっきの話は筒抜けだったようだ。

すると開き直ったように、髭モジャは大きな声で挑発《ちょうはつ》し始めた。

「ふっふっふっ！　レベルの拮抗《きっこう》する聖女の戦いにおいて、ステータスランクの差はあまりにも大きいっ！　残念ながら、負け犬の遠吠《とおぼ》えにしか聞こえませんなぁ？」

しかし、リリはそんなわかりやすい挑発には乗らなかった。

「まっ隠してもすぐにわかることだし、もう言っちまうか……。実は、あたしもいわゆる異物ってやつなんだよなぁ」

「……なっ、何だとっ⁉」

髭モジャの顔が一気に真っ青になり、そこに追い打ちをかけるようにリリは拳を開いた状態で突き出した。

「ちなみにあたしのレベルは――500だ」

「「「なっ⁉」」」

ユフィに髭モジャ、それから白い甲冑の人たちに大きな衝撃が走った。

「あ……あり得ませんっ！　この世界のレベル上限は100のはずっ⁉」

「た、ただのハッタリに決まっていますぞっ！　歴史上、聖女のレベルが100を越えたことは一度もない！」

ユフィと髭モジャの悲鳴のような叫びを受け、リリは満足そうにニヤニヤと笑みを浮かべた。

「あんたらの作った小せぇ、枠《わく》組みなんて知らねぇよ。ただ事実として、あたしのレベルは500――まぁ、じきにそれもわかるさ。――その身をもってなぁ！」

リリは大声をあげると、何もない空間から漆黒《しっこく》の旗《はた》を取り出した。

どうやらアレが彼女の武器のようだ。

「……陛下、これは一時撤退《てったい》した方がよろしいかもしれませんっ」

「……そうですね、爺《じい》や。時空間魔法の展開にはどれくらいの時間が必要ですか……？」

「陛下と聖女様の二人だけを転送させるとしても……最短で五分はかかります」

「……私とティアで、何とか時間を稼《かせ》ぎます」

ユフィも髭モジャも、白い甲冑の人たちも——みんな顔が真っ青になって震えていた。

そんな中——私一人、違う意味で震えていた。

（ど、どうしよう……。このままじゃ、殺してしまう……っ）

昔、お父さんとお母さんが言っていた。

「いいか、ティア。『レベル』というのは絶対的な強さの基準だ。これだけは絶対に忘れてはダメだぞ？」

「お父さんの言う通りですよ。レベルが百違えば、圧倒的な技量の差でもない限り決して勝てません。レベルが千違えば、何をどう足掻《あが》いても勝つことは不可能です。だから、相手のレベルが自分よりも遥かに低いときは、ちゃんと手加減をするんですよ？」

「うん、わかった！　でも、私よりレベルの低い人なんてそういないんじゃないかな……？」

「「…………」」

「ところでお父さんとお母さんは何レベルなの？」

「え、えっと……それはだな……。ま、ま……まぁまぁなレベルだな、うんっ！（ど、どうする母さん!?　もう本当のことを言ってしまうか!?)」

「そ、そうね……。でも、ティアよりはとっても高レベルよ！　(嘘《うそ》をつくしかないでしょう！

まだまだ親の威厳というものがあるんですからっ！)」

あれから何度か聞いてみたけど、結局二人ともレベルを教えてくれることはなかった。

(リリのレベルが500に対し、私のレベルは9999。9999－500は……あれ、いくつだろう?)

疲労が溜《た》まっているのか、頭に霧《きり》がかかったように計算ができなかった。

(……でも、とにかくとっても大きな差であることは間違いない)

お父さんとお母さんが言っていた通りだとするならば、きっとまともな勝負にもならない
9999と500――少なくとも千以上の差はあるはずだ。

――すっごく手加減しなければいけない。

(でも……。手加減と言っても、どれくらい……?)

当然ながら、こんな風に誰かと戦ったことなんて一度もない。

夏の暑い日に畑の草を必死にむしってたのが、多分私の人生史上最大の戦いだ。

(ど、どうしよう……)

そんな風に頭を抱えていると、背後にいたユフィが小さな声で話しかけてきた。

「……ティア。ここは一度、時空間魔法で撤退します。爺やが魔法を組み上げるまでの五分間、
時間稼ぎましょう。私も微力ながら補助魔法にて、サポートさせていただきます」

じ、時空間魔法？　何だか凄《すご》そうな名前だけれども……私の頭はもう一つの魔法の名前でいっぱいだった。

「ほ、補助魔法……っ!?」

「え、ええ……。これでも私は召喚士として様々な魔法を習得しています。闘神であるティアにはそのステータス以上の力を発揮《はっき》してもらうために〈腕力強化〉〈耐久強化〉〈敏捷強化〉の三重強化を行います」

「さ、三重強化……っ」

ただでさえ大き過ぎるレベルの差があるのに、これ以上強化なんてしちゃったら……。手加減していても、うっかり殺してしまいかねない……。

（な、何て言って断ろう……？）

そんな風に私がアワアワとしていると、

「作戦会議もそこまでにしときなぁ！」

リリはそう言って漆黒の旗を大地に突き立てた。するとそこに黒くて大きな紋様《もんよう》がくっきりと浮かび上がった。

そうして彼女は、嗜虐《しぎゃく》的な笑みを浮かべてポツリとつぶやいた。

「——跪《ひざまず》け」

すると次の瞬間。

「きゃっ!?」

「ぬぉっ!?」

ユフィはその場でストンと尻《しり》もちをつき、髭モジャはグラリとバランスを崩した。

後ろに控えている白い甲冑の人たちの多くも、何故《なぜ》かその場で倒れ込んでいた。

別に地面が揺れたわけでも、突風が吹いたわけでもない。

何も起きていないのに、リリが旗を地面に突き立てただけで――みんな地面にへたり込んでしまった。

「な、何をしたの?」

一人だけ平気な私がそう問いかけると、リリはくつくつと肩で笑いながら口を開いた。

「なぁに、ここら一帯をあたしの支配領域にしただけさ」

「支配……領域……?」

「あたしの加護――【邪神の旗印《はたじるし》】の本質は『支配』。この旗印が刻まれたモノに触れている奴《やつ》は、みんなあたしの支配下になるのよ。まっ、わかりやすく言えば強化も弱体化もあたしの望むがままって話さぁ」

「そ、そう言われれば……」

何とも言えない脱力感……があるような……。いや、ないような……。

(……いや、ある。確かに、ある!)

いつもより十分早く起きてしまったかのような……ほんのちょっとした気だるさが。

「さすがに聖女に対しては、少し効《き》きが悪いようだが……。ふっ、その暗い顔……。立っているのがやっとって感じだな？」

「えっ？　いや、全然そこまでひどくは……」

「はっ、強がりはよせ。顔にそう書いてあるんだよ」

「そ、そうなんだ……」

そんなに私は疲れた顔をしてるのかな……？

昨日はすっごい温泉に入ったばっかりで、いつもよりお肌《はだ》の艶《つや》がよくなったと思ってるんだけど……。

確認するように、ペタペタと自分の顔を触っていると、

「そんじゃ、そろそろ始めるかぁっ！」

リリは地面に突き立てた旗を引き抜くと、それを振りかぶってこちらに突撃してきた。

「てぃ、ティア、逃げてっ！」

「せ、聖女様っ！」

ユフィと髭モジャの悲鳴のような叫び声が聞こえた。

（と、とにかく戦わなきゃっ！）

後ろには大事な大事な、初めてのお友達――ユフィがいる。あと髭も。

私は戦う態勢を取ろうと、とにかく拳をグッと握ってファイティングポーズのような格好《かっこう》を取った。そうして戦う覚悟を決めたところで──気づいた。

（……あれ？　まだ来ない？）

どういうわけか、リリは本当にゆっくりとこっちへ走ってきている。しかし、その歩みはまるで亀《かめ》のようで……ここまで到着するのにまだ軽く十秒以上はかかりそうだった。昔、お父さんとお母さんと一緒にやったチャンバラごっこでもこの数倍は速い。

そのまま少しボーッと見ていると、私の顔を目がけてこれまた本当にゆっくり旗が振り下ろされた。

（よ、避《よ》けていいん……だよね？）

私はそれをかなりの余裕を持って右に避け、彼女の額目がけて手加減をしたチョップを繰り出す。

「ご、ごめんなさいっ！」

そう言って放ったチョップは、リリの額を直撃し、

「ごぱっ!?」

まるで玉子を潰したような、人の頭から鳴ってはいけない音が響き──リリはゆっくりと倒れた。

「だ、大丈夫っ!?　ご、ごめんねっ！」

慌ててリリに駆け寄るけど、頭には大きなたんこぶができている。そして何より、白目を剝《む》いて泡《あわ》を吹いていた。意識不明の重体だ。

「だ、誰か、お医者さんはいませんかっ!?」

そう叫びながらキョロキョロと周囲を見回した。

しかし、誰も何の反応も返さず、みんな石像のように固まってしまっていた。

「「「…………はっ？」」」

リリが倒れたことにより、黒い甲冑《かっちゅう》の人たちに大きな衝撃が走っているようだった。

「お、おいおいアレって……？」

「完全に白目を剝《む》いてる……」

「う、嘘《うそ》……だよな？　これは何か悪い夢だよなっ⁉」

小さなざわめきは次第《しだい》に膨《ふく》れ上がっていき、今にも大混乱になりかけたそのとき。

「……てっ、撤退《てったい》っ！」

一人の黒い甲冑が声高《こわだか》に叫んだ。

「全軍に告ぐっ！　邪神の時空間魔法が完全に消滅する前に！　今すぐドミーナ王国へ撤退せよっ！」

多分あれは偉《えら》い人なんだろう。

命令を受けた黒い甲冑たちは、回れ右をして聖殿の真ん中に空《あ》いた黒い穴へ次々に飛び込んで行った。

　そうして先ほどまで騒がしかった聖殿は一瞬にして静まり返る。

「てぃ、ティアっ！　怪我《けが》はないですかっ!?」

「う、うん。私は何ともないよ」

「そうですか、よかった……っ」

　そう言ってユフィは私をギュッと抱き締めた。

　柔らかくていいにおいがして――とても心が落ち着いた。

　すると今度は鼻息を荒くした髭《ひげ》モジャが駆け寄ってくる。

「さ、さすがは聖女様っ！　一分《いちぶ》の無駄もない完璧《かんぺき》な動きでございましたっ！　達人《たつじん》同士の勝負は一瞬で決着がつくといいますが……いやはや、見事という他ありませんな！」

　髭は興奮《こうふん》した様子でそう褒《ほ》めちぎった。

　でも今はそんなことよりも、

「そ、そうだ、お医者さんは!?」

　リリの状態がとても気がかりだった。

（かなり手加減をしたから、死んではいない……はずだけど……）

　今も泡《あわ》を吹いたままで、意識を取り戻す兆候《ちょうこう》は全く見られない。私のような素人《しろうと》の目でも危険な状態であることがわかる。

　するとそれに応《こた》えたのは、いつものように博識な髭だった。

「問題ありません。聖女は召喚士《しょうかんし》からの魔力供給《きょうきゅう》を常に受けておりますので、即死クラスのダメージを受けない限り絶命に至《いた》ることはありません。おそらくそう遠くないうちに完全復活を遂《と》げるでしょう。その前に――」

ギロリと髭モジャは鋭い目付つきでリリを見ると、

「今、ここで仕留《しと》めてしまいましょうぞ。目を覚まして大暴れでもされては厄介《やっかい》でございます」

いつもとは違う、とても冷たい声でそう言った。

「し、仕留める……？」

仕留めるっていうのはその……『殺す』ってこと……？

「そ、それはさすがに……。ね、ねぇ、ユフィ？」

同意を求めるように彼女へ視線を向けると、

「……ごめんなさい、ティア。これは戦争なんです……」

そう言ってユフィは私から目を背《そむ》けた。

「そ、そんな……っ。そんな、殺さなくたって！」

私の叫びは聖殿の中にいやに大きく響いた。

「……も、もしかしたら一緒に戦ってくれるようになるかもしれないよ？」

もしかしたらリリは悪い召喚士や黒い甲冑の人たちに脅《おど》されて、無理やり戦わされていたのかもしれない。もしそうなら、ドミーナ王国から解放された今、一緒に戦ってくれる可能性だってある。

しかし、そんな私の安直な考えは、髭によってバッサリと切り捨てられた。

「お言葉ですが聖女様……それは絶対にあり得ません」

「ど、どうしてですかっ!?」

「それは――」

髭モジャが口を開きかけたそのとき。

「……っ。こ、ここは……？」

リリがゆっくりと目を開いた。

「だ、大丈夫なの、リリ!?」

彼女は震える手で何とか上体を起こすと、

「……はっ、ざまぁねぇな。負けたのか……」

悲しそうな表情で一人笑った。

「ね、ねえ、リリ。あなたはもう私たちに攻撃なんてしないよね？　約束、できるよね!?」

「……はぁ？　何言ってんだお前？」

「だ、だってそうしないと……。リリはその……こ、殺されちゃうんだよ!?」

「だろうな。それがどうした？」

本当に、それがごく自然なことのようにそう言った。

「そ、『それがどうした』って……死んじゃうん、だよ……っ？　もうおいしいご飯も、温かいお風呂も、フカフカのベッドで寝ることもできなくなっちゃうんだよっ!?」

私はつい熱くなって、目尻《めじり》に涙を浮かべながらそう叫んだ。

「はっ、おいおい、なんだそりゃ？　憐《あわ》れみか？」

「違うよ……っ。憐《ま》れみとか、そんなんじゃないよ……っ！」

私はリリの目を真っ直《す》ぐ見つめると、

「ちっ……。全く、調子狂う奴《やつ》だな……」

彼女はそれから逃げるように視線をそらし、ポリポリと頬《ほお》をかいた。

そして大きく舌打《したう》ちをして、どこか呆《あき》れたような表情でユフィの方を見た。

「ほら、ロンドミリアの召喚士様よぉ。ちゃんと聖女大戦のルールを――聖痕《スティグマ》の契約を教え込んどけよ。負けた上に同情されてるこっちの身にもなりやがれってんだ」

ユフィはコクリと頷《うなず》くと、諭《さと》すように優しい声色《こわいろ》で告げた。

「ティア……。あなたがとても心の優しい聖女様だということは、心が痛くなるぐらいよくわかりました。でも、ごめんなさい……リリさんを見逃すことはできません。『聖痕』がある限り、どこまでいってもリリさんはドミーナ陣営の聖女。いつ裏切るかわからないのです」

「そ、そんな……っ」

私が言葉を失っていると、そこへ追い打ちをかけるようにリリはさらなる情報を付け足した。

「加えて聖痕の契約は、その陣営のために命を賭《と》して戦うことを誓《ちか》ったもの。――寝返った瞬間、契約違反を犯したとして、あたしの体ははじけ飛ぶんだよ。木《こ》っ端微塵《ぱみじん》にな」

「はじけ……飛ぶ……っ」

「ほら、わかったら、さっさと殺せ。これ以上時間をかけると、あたしが完全復活しちまうぜ?」

そう言ってリリはごろんと大の字になって寝そべった。

(な、何かあるはず……っ。きっとこの絶望的な状況をひっくり返す、凄《すご》い案があるはずだよ……っ。そうじゃないと……こんなのあんまりだよ……っ)

私は必死に頭を巡《めぐ》らせた。

これまでの人生の中で多分一番、頭をグルグルと回した。

するとは本当にたまたま偶然、とある名案がフッと浮かんできた。

(……あっ、そうだ)

「そ、それならその聖痕ってやつを消せば、リリを殺さなくて済むんだよね!?」

リリを殺すか殺さないかという話の大本《おおもと》にあるのは、聖女と召喚士を結《むす》ぶ『聖痕』という契約だった。それならその契約さえなくしてしまえば、この話の大前提は崩れることになる。

するとユフィはどこか悲しい表情を浮かべたまま口を開いた。

「……リリさんの体にある聖痕から、赤い糸が飛び出ているはずです」

私はジッと目を凝《こ》らしてリリの体を見ると、

「……あ、あった」

確かに彼女のお腹《なか》のあたりから、細くて赤い糸のようなものがぴょこんと飛び出ていた。

その先は地面に突き刺さっており、どこに繋《つな》がっているのかまではわからない。

「その赤い糸が聖女と召喚士を結ぶ聖痕の契約です。確かにティアの言う通り、これを破棄《はき》することができればリリさんをその……殺す必要はありません。……しかし、それは絶対に不可能なんです。聖痕の契約は魂《たましい》の契約――いかなる方法をもってしてもこの契約を破棄することはできません」

ユフィは悲しげにそう言ったけれど……何故《なぜ》だか私はそうは思わなかった。

(こんな細い糸ぐらいハサミか何かでチョッキンと切れそうだけど……)

何ならちょっと強く引っ張ったら、切れてしまうような気さえした。

(も、ものは試《ため》し……だよね?)

私は赤い糸をグッと両手で握り込み、

「ちょっとごめんね、リリ」

彼女に一言断りを入れてから、

「んー……よいっしょっ!」

それを思いっきり、力いっぱい左右に引っ張った。

すると、

ぶちっ

安っぽい音と共に赤い糸はあっさりと切れた。

「あっ、切れた……っ！」

「う、うそ……っ!?」

「ば、馬鹿《ばか》なっ!?」

「……お、おいおい冗談だろ？」

ユフィに髭モジャ、それにリリも――三人は目を丸くして私の方を見ていた。

「せ、聖女の契約を――聖痕を強引に破棄させた……？」

静まり返った聖殿の中で、ユフィの声が響いた。

「聖痕は魂の契約……。因果律《いんがりつ》にでも干渉《かんしょう》しない限り……こんなことは絶対にあり得ません……」

今のがよほど不思議なことだったのか、ユフィは難しい顔をしていた。

すると髭モジャが、その長い髭をワシャワシャと揉《も》みながら口を開いた。

「ふむ……これは聖女様の加護によるものかもしれませんな……」

「私の加護……？」

「はい。私の取ったメモによりますと……」

そう言って髭モジャは懐《ふところ》から小さなノートを取り出した。

そこにはさっき計測した私のステータスや加護がびっしりと書き込まれていた。

い、いつの間に……。

「聖女様のズラリと並ぶ加護の中に一つ、とんでもないものがございます。それがこの——【理《ことわり》の超越者】」

そこには意外にもとても綺麗《きれい》な字でこう書かれていた。

【理の超越者】理外《りがい》の存在である彼女は全《すべ》ての理を超越可能。

「なるほど……。確かにこの加護なら、聖女の契約を破棄させることも可能なのかもしれませんね……」

ユフィは納得したとばかりに頷いた。

「とはいうものの、全ての理から逸脱《いつだつ》しているわけではございません。重力の影響も受けておられるようですし、基本的な物理法則には干渉してないご様子……。加えて、聖女様に加護を発動したという能動的な意思も見られない……。……うぅむ、これは何らかの発動条件のようなものがありそうですな」

二人の話は難しくてよくわからなかったけど、とにかく聖女の契約を破棄させることには成功したみたいだ。

「ティアとかいったっけか……。本当にとんでもねぇ聖女だな……」

「あ、ありがと、これでリリを殺さずに済むんだよね？」

「はっ、残念だったな。召喚士との契約が切れた今、あたしはもうこの世界にはいられねぇよ」

そう言って彼女はこちらに右手を突き出して見せた。

「な、なに……これ……？」

彼女の綺麗な褐色《かっしょく》の手は……どういうわけかうっすらと透けていた。

手だけではない。足もお腹も顔も――徐々《じょじょ》にだけど、確実に全てが透明になっている。

「ど、どうして……あっ」

そのとき私の脳裏《のうり》に、ユフィが話していたことがよぎった。

聖女は召喚士から魔力を供給されることによって、この世界に実体化している。そして何らかの原因で魔力が尽きた聖女は――消滅する。

「ご、ごめんなさい……っ。わ、私、こんなことになるなんて……っ」

まさかこんなにすぐに魔力切れを起こしてしまうなんて……思ってもみなかった。

私が何度も謝《あやま》っていると、リリは大きくため息をついた。

「あーあ……。ほんっとに間《ま》の抜けた聖女にやられちまったもんだな、おい……。この邪神様を討《う》ち取ったんだぜ？　もっと喜んではしゃぎ回るもんだろう、普通よぉ？」

「こんなの……喜べるわけないよ……っ」

そうやって話しているうちにもリリの体は消えていく。

彼女という存在がこの世界から薄《うす》れていく。

「ゆ、ユフィっ！　どうにか、どうにかする方法はないのっ!?」

私は何も知らない。聖女も召喚士も魔力も——聖女大戦に関して何も知らない。

でも、ユフィは違う。

ロンドミリア皇国の皇帝であり、この聖女大戦に臨《のぞ》む召喚士である彼女ならば何か知っているはずだ。

「そ、それは……っ」

ユフィは苦い顔をして視線をそらした。

でも、決して『無い』と断言することはなかった。

つまり……何か方法があるんだ。

「お願い、ユフィっ！　何か方法があるなら教えてっ！　私、こんなの嫌だよ……っ」

すると彼女は本当に渋々《しぶしぶ》といった様子で口を開いた。

「……聖女同士であるならば、お互いに魔力を融通《ゆうずう》し合うことは可能です。ですがそうした場合、ティアが……っ」

「あ、ありがとう、ユフィっ！」

私はお礼を言うとすぐにリリの真横に座り込む。

「ほら、リリっ！　私の魔力を使って！」

「……はぁ?」

「てぃ、ティア……っ」

「せ、聖女様、正気でございますかっ!?」

ユフィと髭モジャの心配する声が聞こえたけれど、今はもう時間がない。

「い、急いで、リリっ！」

こうしている今もリリの体はどんどん消えていっている。足なんてもうほとんど見えない。

「ほ、本当に……いいのか?」

「いいから、ほらっ早く！」

「それじゃ――いただきます」

リリはそう言うと私の頭に両手を回すと、

「あーん……っ」

「ふぇ……?」

私の首筋を甘噛《あまが》みした。

「……んっ」

不思議と痛みはなかった。

でも、何だか力が抜けるような感じがした。

それから五秒、十秒……どれくらい経《た》っただろうか。

「……ふふっ、ごちそうさま」

リリは妖《あや》しく口元に指を走らせながら、満足そうにそう言った。

見ればリリの薄くなっていた体は、はっきりとした実体を取り戻していた。

ついでに何だか肌艶《はだつや》も良くなっているような気もする。

「よ、よかった……っ」

魔力の受け渡しの方法にはちょっとビックリしたけど……とにかくリリが消えなくて本当によかった。

私は立ち上がろうと足に力を入れたそのとき。

「あ、れ……っ？」

急に目まいが起こり、ペタンと尻《しり》もちをついてしまった。

「てぃ、ティア！　大丈夫ですかっ⁉」

慌《あわ》ててユフィが駆け寄って来てくれた。

「う、うん。一瞬ちょっとクラッとしただけ……うん、今はもう何ともないよ」

彼女の手を借りながら、今度はスッと立ち上がることができた。

「も、もう……っ。無茶なことはしないでくださいっ！」

「ご、ごめんね……っ」

時間がなかったとはいえ、ユフィに心配をさせてしまったのは事実だ。

私が素直にペコリと頭を下げて謝っていると、

「ぐ、ぐぬぬっ。我らが聖女様をたらし込みおって、この邪神めがっ！　いったい何を企《たくら》んでいるのだっ！」

まさに怒り心頭といった感じで、髭モジャはリリに食ってかかっていた。

「別にぃ、なぁんにも。ただ、死なずに済むならそっちのがいいかなってだけだよ」

顔を真っ赤にしながら詰め寄る髭に対して、リリは肩を竦《すく》めて涼《すず》しげに対応していた。

「ぐぅ……っ。何という適当な動機かっ！　いいかよく聞け、邪神よっ！　もしもほんの僅《わず》かでも裏切りの兆候《ちょうこう》が見えたならば、有無《うむ》を言わさず即座に灰《はい》にしてくれるからな——聖女様が」

堂々と啖呵《たんか》を切りながら、最後にボソリと『聖女様が』と付けた髭モジャは……言いようもないほどにかっこ悪かった。

「はぁ……裏切らねぇよ。消えたくねぇもん」

「そんな保証がどこにあるっ！　第一、貴様のクラスは邪神っ！　どんな邪《よこしま》なことを考えているか——」

髭モジャのネチネチとしたしつこい追及を受けたリリは、

「ちっ……。さっきから、ゴチャゴチャとうっせぇ髭だな……。自慢の髭、むしり取るぞ」

鋭い眼光で髭モジャを睨《にら》みつけた。

「ひぃっ!?　せ、聖女様っ！　やはりいけませんっ！　この邪神、既《すで》に謀反《むほん》の意思がありますぞっ！」

「あんまりしつこく問い詰め過ぎるからだよ……。ほら、リリもあんまり髭と喧嘩《けんか》しないでね」

「ひ、髭……っ」

「はいはーい。ティア様の仰《おお》せのままにぃー」

リリは茶化《ちゃか》すようにそう言った。

「も、もうっ。『はい』は一回だよ、リリ！」

「はい、わかったわかったぁー」

「『わかった』も一回っ！」

いたずらっ子な気質のあるリリに私が少し手を焼いていると、ユフィがコホンと咳払《せきばら》いをした。

「とにかく……いろいろとありましたが、まずは一度お城に戻りましょうか。聖女大戦の詳細《しょうさい》な説明をティアにする必要もありますし」

「むぅ……陛下《へいか》がそう仰《おつしや》られるのならば……っ」

髭モジャは何か言いたいことがありそうだったけれどもコクリと頷いた。

「さぁ、ティア。帰りましょうか、私たちのお城に」

「うんっ！」

こうして私の長い長い聖女大戦が始まったのだった。

■

ユフィの治めるロンドミリア皇国から、遙《はる》か南方に位置するアーロンド神国。

今ここで、聖女召喚の儀が執《と》り行われようとしていた。

「……ふぅ、さすがに緊張するな」

アーロンド神国が女王、クリア＝アーロンド。

短く切り揃《そろ》えられた清涼《せいりよう》感のある美しい赤髪。

赤と白を基調とした高貴な衣服。

可愛《かわい》いというよりは、美人という言葉がふさわしい。

彼女はこの国を治める王であると同時に、聖女大戦に参加する一人の召喚士でもあった。

「はっはっはっ、陛下でも緊張するのですな！」

「いやはや……これは珍《めずら》しいものを見れた。感謝致しますぞ」

重装備に身を包んだ老兵たちは、口々にそう言った。

彼らはみな先代国王の時代から、アーロンド神国を支えてきた忠臣。

クリアが最も信を置く者たちだ。

「ふっ、失礼な奴等《やつら》だな……。私とて人間だ。緊張するときもある」

そう言いながらも、彼女には確固たる自信があった。

自分ならば、歴代でも最高クラスの聖女を召喚できるという自信が。

これは何も自惚《うぬぼ》れではない。クリアはいわゆる天才と呼ばれる人種だった。

彼女が初めて魔法を行使したのは、わずか三歳の頃。父の書斎《しよさい》にある魔導書を勝手に読み漁《あさ》り、誰に教わることもなく独学で身につけた。

さらにクリアは天賦《てんぷ》の才に恵まれながら、努力を怠《おこた》ることはなかった。努力を努力とも思わない、努力する天才だった。

「ふぅー……っ」

大きく深呼吸をし、精神を整えた彼女は、聖殿の中心に位置する高台へと登った。

高台の中央部には、長い年月をかけて刻《きざ》まれた巨大な魔法陣が用意されている。

後はここに自身の血を落とし、魔力を注ぎ込むことで聖女召喚の儀は成る。

（……思えば、ここまで長い道のりだった）

若くして父から王位を継承《けいしょう》した後は、ひたすら国力の増強に力を入れた。

数年後に迫る聖女大戦に向けて、万全《ばんぜん》の態勢を整えるために。

毎日毎日、夜遅くまで誰よりも働き続けた。

より優《すぐ》れた聖女を召喚するため、魔法の研鑽《けんさん》も欠かさなかった。

国民の期待に応えるために、自分のできる全てをやり切った。

（……いや、感傷的になるのはまだ早い。本番はこれからだ……っ）

クリアが短剣で少し指を切り、血を一滴だけ魔法陣の中心へと注ぐと——魔法陣は緑色の淡い光を発し始めた。

召喚時特有の発光を確認した彼女は、凄《すさ》まじい魔力を流し込み、呪文《じゅもん》を唱《とな》えた。

すると次の瞬間。

まばゆい光の中から、純白の聖女が姿を見せた。

「地母神《じぼしん》——イシュナ＝スルシャーラ。あなたの召喚に応じ、参じました」

「「お、おぉ……っ！」」

神殿を警護する衛兵《えいへい》たちから、感嘆《かんたん》の声が漏《も》れた。

それほどまでにイシュナの美貌《びぼう》は、並外れたものだった。

スラリと伸びた肢体《したい》に豊かな胸。

背中にまで届く、美しい亜麻色《あまいろ》の髪。

その身に纏《まと》った煌《きら》びやかな黄金と白のドレスは、まるで天女の羽衣《はごろも》を思わせた。

(す、素晴らしい……っ)

イシュナのステータスをその目で確認したクリアは、グッと拳《こぶし》を握り締めた。

平均Bランクを超える優秀なステータスに加え、強力な加護が二つ――これ以上はないと断言できるほどに優秀な聖女だった。

「私の名はクリア＝アーロンド。ここアーロンド神国の王女にして、この世界随一《ずいいち》の召喚士だ。さぁイシュナよ、お前の願いを聞かせてくれ!」

彼女は堂々と名乗り上げ、契約を結ぶために聖女の願いを問うた。

すると、

「私の願いは――世界平和です」

イシュナは強い決意の宿った目で、はっきりとそう言った。

「……世界平和、だと?」

「はい。この世界中から争いをなくし、誰もが笑って暮らせる世界を作ること。それが私の願いです」

「ふっ、大きな願いだな……。いいだろう。それでは契《ちぎ》りを結ぼうか」

「ええ」

イシュナが右手を差し出し、クリアはそこへ右手を重ね――詠唱《えいしょう》を始めた。

「──朱《あか》き獣《けもの》に泥《どろ》を、地を抱く鳥に空を。白き亀《かめ》が器《うつわ》を満たし、黒き女王が虚空《こくう》に憂《うれ》う。不遜《ふそん》なる黄龍《こうりゅう》。千手《せんじゅ》の影。小人が首に陽《ひ》を差し込む。相生《そうじょう》せよ。相克《そうこく》せよ。七曜巡《しちようめぐ》りて輪《わ》を満たせ──聖痕《ステイグマ》ッ！」

その瞬間、二人の手の甲《こう》に赤い紋様《もんよう》が浮かび上がった。

「──契約、成立だ。よろしく頼むぞ、イシュナ」

「こちらこそ、よろしくお願いしますね、クリア様」

その後、二人は夜が明けるまで語り合った。

この世界をよくしようと。

聖女大戦を勝ち抜こうと。

平和を成就《じょうじゅ》しようと。

二章

一：聖女とお祭り

カーテンからこぼれる暖かくて優しい日差しで、私は目を覚ました。

「ん、んー……っ」

大きく伸びをしてベッドの隣を見ると、そこにはもうユフィの姿がなかった。

代わりに洋室の方から、寝間着《ねまき》から普段着に着替えた彼女が顔をのぞかせる。

「あっ、おはようございます、ティア」

「ふわぁ……っ。うん……おはよう、ユフィ」

大きく欠伸《あくび》をした私を見て、彼女はクスリと笑った。

「ふふっ、あまり朝は強くないんですか？」

「うーん……ちょっとだけ苦手かも……」

それから顔を洗って歯を磨《みが》き、くしゃくしゃになった髪の毛を整えた。

朝食はユフィとリリと一緒に食べた。髭《ひげ》モジャは既《すで》に朝食を済ませていたらしく、ユフィの背後に立って時折会話に相槌《あいづち》を挟《はさ》んでいる。

　メニューは朝食ということもあって、食パンにスクランブルエッグという軽めのものだった。飲み物はとってもいいかおりのする紅茶で、一口飲んだだけでパッと目が覚めるような気がした。

「いんやそれにしても、ロンドミリアのお城は立派《りっぱ》だねぇー。部屋もいい感じだし、聖女的には大当たりの陣営だね」

　リリは食パンにマーマレードを塗りながら、鼻歌交じりにそう言った。

「あ、あはは、それはどうもありがとうございます」

「ぐ、ぐぬぬ……っ」

　ユフィが笑顔で対応する一方で、髭モジャはしかめ面《つら》のままリリを睨《にら》みつけていた。

　私が起きて髪をとかしているときに、ユフィから聞いた話だけれど……。どうやらリリは、国賓《こくひん》を招くための最高級の客室に泊まっているらしい。

　最初は普通の空《あ》き部屋をあてがわれたけど、それを不満に思った彼女は昨晩、髭モジャと激しく言い争った。

　最終的にはリリが髭を鷲摑《わしづか》みにしたところで、髭モジャが白旗《しろはた》をあげたらしい。やはりあそこは弱点のようだ。……覚えておこう。

「それでは陛下《へいか》。私は邪神様にこの国の法律などなど、必要最低限のことをレクチャーして参ります」

いろいろとあったけれど、一応髭モジャはリリに対して敬称をつけるようにしたみたいだ。

やっぱり聖女という存在はこの世界では、とてもとても偉《えら》いらしい。

「えー……。ヒゲと一緒とか嫌なんだけどー……」

リリは露骨《ろこつ》に顔をしかめながら、両手でペケマークを作った。

「私とてこのようなこと、別にやりたくてやっているわけではありませんっ！　他の陣営の偵《てい》察《さつ》に、今後の作戦の策定！　することはまだまだ山積みだというのに……っ！」

「はーいはいはい、わかったわかった。ヒゲが頑張ってることはわかったから、そんなに顔を近づけないでね、無駄に迫力あるから」

それから二人は適度に言い合った後、

「はぁはぁ……っ。そ、それでは陛下、聖女様。私はこれにて失礼いたします――邪神様！図書館に行きますよっ！」

「へいへーい……っ」

この部屋を出て行った。

喧嘩《けんか》するほど仲がいいとも言うし、ああ見えて意外と息が合っているのかもしれない。

そうしてリリと髭モジャと別れた私たちは、またユフィの部屋に戻ってきていた。

部屋に戻ってすぐに、

「今日は私の政務がお休みの日なので……こっそりお外に行きましょう！」

「うん、いいよ……って、『こっそり』!?」

ユフィはとんでもないことを口にした。

「はい！　こっそりとお忍びで、です！」

皇帝陛下が護衛《ごえい》も連れずにお城の外を歩き回る。

これが危険なことぐらい、私でもすぐにわかる。

「そ、それ大丈夫なの!?」

「これまでこっそりと何回も抜け出しているので大丈夫ですよ。それに……」

「それに……?」

「今日はティアが一緒にいてくれるから、もし何かあっても絶対に大丈夫です」

嬉《うれ》しそうにニッコリと笑うユフィを前に、

「……っ」

私は思わず言葉を失ってしまった。

(こ、こんなの……ズルい……っ)

こんな風に言われたら、反対することなんてできない。

「だめ……でしょうか?」

「し、仕方ないなぁ……」

「やった！　ありがとうございます、ティア！」

こうして私たちは、誰にも気づかれないようにこっそりとお城を抜け出すことにした。

■

こっそりとお城を抜け出すにあたって私たちはまず、変装をすることにした。

私はともかくとして、ティアはこの国の皇帝陛下。街中の人に顔を知られているため、せめて服装だけでもガラリと変える必要があるのだ。

（私はユフィだけ変装すれば十分だと思ったんだけど……）

彼女の話によると、私の顔や服装は国中の衛兵《えいへい》がしっかりと記憶しているらしく、絶対に変装する必要があるとのことだった。

それからいろいろ話し合って、まず先に私が変装することになった。この世界の一般的な服装を知らないので、コーディネートは全《すべ》てユフィ任せだ。

「うわぁ、凄《すご》く似合ってますよ、ティアっ！」

ユフィの言う通りに新たな衣装に着替えた私を、彼女はそんな言葉で出迎えてくれた。

上は白を基調としたシンプルな縦縞《たてじま》、半袖《はんそで》のブラウス。下は黒のロングスカートという清楚《せいそ》な服装だ。

「そ、そうかな……？」

私は部屋に取り付けられた大きな姿見《すがたみ》を見ながら、クルリと一回転してみる。

ここまでガラリと服装が変われば、印象も大きく変わるもので……何だか別人になったような気分だ。

「ものすっごく可愛《かわい》いですっ！　これにしましょうっ！」

「そ、そう……？　それじゃ、これにしようかな……っ」

何だか当初の目的からかなりズレている気がしなくもないけど……楽しいからいいや。

「ねぇ、ユフィはどんな服にするの？」

「私ですか……？　そうですね……せっかくなので、お揃《そろ》いのものにしましょうか！」

そう言いながらユフィは鼻歌交じりに、私の着たのと全く同じブラウスとスカートを手に取った。

「い、いや……それはさすがに目立つんじゃないかな……？」

全く同じ服装をした二人が一緒に街を歩くのは、少し目立ち過ぎる気がする。少なくとも私が通行人なら、ちょっと注目して見てしまう。

「そうですか……。では、せめて色は変えることにします……」

ユフィは少ししょんぼりしながら、ベージュのブラウスと灰色《はいいろ》のロングスカートを手に、着替えるために別室へ移動した。

しばらくして別室の扉が開き、

「ど……どうでしょうか……?」

ユフィは少し緊張した声で小首を傾《かし》げながら、そう問いかけてきた。

いつもの修道服のような服装も凜《りん》とした感じがしてとても似合っている。でも、こういった柔らかい印象の服を着たユフィもとても『女の子』という感じがして可愛らしかった。

「うん、とっても可愛いよ!」

「そ、そうですか、ありがとうございます……っ」

実際のところ二人とも同じような服装だが、これは問題ないらしい。というのも上にブラウスを着て、下にロングスカートをはくのが、ロンドミリア皇国での一般的な女性の装いらしい。

そうしてこの国の平服に着替えた私とユフィは、場内を警備する衛兵の目を盗んで、こっそりと街へ繰り出した。

■

「ふぅ……ここまで来ればもう大丈夫、脱出成功です!」

「ま、まだ胸がドキドキしてるよ……っ」

ユフィは城内の衛兵の警備ルートを完全に把握《はあく》しており、まるで針の穴を通すような完璧《かんぺき》なタイミングで見張りの目を潜《くぐ》り抜けた。

「さぁ、ティア。こっちに来てください」

「あっ、ちょっと待ってよ、ユフィ！」

そうしてユフィの後をついて行くと、人の往来《おうらい》が盛んな大通りに到着した。

そこには私が生まれ育った村では考えられないほどたくさんの人がいた。

もちろんそれだけではない。

通りの両端には所狭しと露店《ろてん》が並び、芳《こう》ばしいソースのにおいや飴細工《あめざいく》の甘いにおいがそこかしこから漂ってくる。

「す、凄い……っ！」

今まで体験したことのない『密度』に圧倒された私は思わず息を呑《の》む。

「ふふっ、今日は百年に一度の降臨祭《こうりんさい》ですから」

「こ、降臨祭……？」

「はい。聖女大戦が行われるのは百年に一度。そして実は今日が、聖女大戦が正式に開始される日なんです」

ユフィは笑顔のまま、とんでもないことを口にした。

「えっ!?　そ、それって、大丈夫なのっ!?」

聖女大戦が正式に開始されたということは、今この瞬間にでも他の聖女が襲《おそ》ってきてもおかしくないということだ。それなのに、こんなにまったりとしていていいのだろうか。

「はい。むしろ今日が一番安全な日です。この日は他のどの陣営でも降臨祭が開かれ、これまで戦ってくれた歴代の聖女様に感謝を。そしてこれから戦う聖女様に必勝を祈願《きがん》するもの。奇襲《きしゅう》や不意打ちは過去何度もありましたが、この降臨祭の日に戦闘があった記録はありません」

「そ、そうなんだ……」

よくわからないけど、ユフィがそう言うならそうなんだろう。

「さぁ、行きましょう、ティア！　今日一日は存分《ぞんぶん》に羽を伸ばして、遊びまわりましょうっ！」

「う、うんっ！」

そうして私たちはいろいろな露店を見て回った。

焼きそば屋さんに飴屋さん、それに割り箸《ばし》の刺さった白くてフワフワな何かを売っているお店。様々な露店の中で、一際《ひときわ》私の目を引くものがあった。

「ねぇ、ユフィ。あれはなに……？」

「ん？　あぁ、あれはこれまでこの国に召喚《しょうかん》された聖女様のお面です」

続けて彼女は、詳《くわ》しい説明をしてくれた。

「左から雷神様・剣神様・創造神様・龍神様《りゅうじん》――といった感じです」

「へぇ……そうなんだ」

「その中でも剣神様は熱狂的な人気があるんですよ！　特に女性のファンが多いですね。ここだけの話、実は私もその一人だったりします」

そう言ってユフィが指差した先には、ピンク色の髪をした美しい女性のお面があった。

「……剣神?」

何か似たような呼び方を聞いたことがあるような……。

それにあのお面……誰かに似ているような……?

(はて……?)

私が何とも言えない既視感《きしかん》を覚えていると。

「ティア、あそこにリンゴ飴が売っていますよ！　行きましょう！」

好きな食べ物を見つけたらしいユフィが、興奮《こうふん》した様子で飴屋さんに向かって行った。

「あっ、ちょっと待ってよ。ユフィ！」

ユフィの後を追って飴《あめ》屋さんに到着した私は、そこに並べられている商品を見て息を呑《の》む。

「うわぁ……綺麗《きれい》……っ」

赤い飴でコーティングされた果物は、宝石のようにキラキラと輝いていた。

「ティアはどれにしますか？　ちなみに私は、いつも通りのチビリンゴ飴です！」

そう言ってユフィは手のひらサイズの可愛《かわい》らしい飴を指差した。どうやらあれが彼女の好きな食べ物のようだ。

「ちょ、ちょっと待ってね……っ」

「ふふっ、ゆっくりで大丈夫ですよ。飴は逃げたりしませんから」

それから私は、ズラリと並べられた飴に視線を向ける。

（こっちがブドウの飴で、あっちがサクランボの飴。あれは……イチゴの飴かな？）

どれも本当に美味《おい》しそうなものばかりで、なかなか決めかねていると——はっと気づいた。

「え、えっと……。ごめん、ユフィ。私、お金持ってないんだけど……」

朝の水汲《みずく》みに行っているときに召喚《しょうかん》されたものだから、愛用のガマ口のお財布《さいふ》は戸棚《とだな》の中にしまったまま。現状、私は完全な一文無《いちもんな》しだ。

するとユフィは一瞬驚いたように目を大きく開いた。

「そ、そんな、お金のことなんて気にしないでください！　ティアはこの国のために力を貸してくださっているのですから！　全《すべ》て国費として処理させていただきます！」

「ほ、本当にいいの？」

「はい、もちろんです！　もう気の向くままに、好きなだけ食べていただいて構いません！」

「そ、それじゃ……このイチゴの飴が食べたいな」

「こちらですね？　わかりました！　――すみません、ヒメイチゴ飴とチビリンゴ飴を一つずつお願いします」

通りのいい凛《りん》とした声でユフィがそう言うと、

「ヒメとチビ一つずつね！　二つで五百ロンドだよ！」

青色の派手《はで》な法被《はっぴ》を羽織《はお》ったお爺《じい》さんが笑顔で対応してくれた。

「はい、五百ロンドちょうどです」

「まいどあり！　好きなの持ってきな！」

「ありがとうございます。さぁティア、お好きなヒメイチゴ飴を選んでください」

「うん、ありがと」

私はいっぱい置かれているヒメイチゴ飴の中で、ちょっと大きめに見えたものをサッと確保した。

「それでは早速《さっそく》いただきましょうか」

「うん！」

食べるのがもったいなく思ってしまうほど綺麗なそれを、私はゆっくりと口へ運ぶ。

（っ!?）

ほんのりあったかい飴は口に含んだ瞬間にパリパリと割れ、口の中が幸せな味で満たされた。

（こ、こんなに甘いの……初めて……っ！）

それに飴の甘みが染《し》み込んでいるのか、中に入った果物も普通のより濃厚な甘さがあった。

「お、おいしい……っ」

「ティアが気に入ってくれてよかった。実は私もこの飴細工《あめざいく》が大好きなんです！　とってもおいしいですよね！」

そうして二人で食べ歩きをしていると、ユフィの好物センサーにまた反応があったようだ。

「あっ、ティア。見てください！　あっちにアイスクリーム屋さんがありますよ！」

「あ、あいすくりぃむ屋さん？」

その聞きなれないお店の名前に、私は首を傾《かし》げる。

「……？　もしかして……ティアの世界にはなかったのですか？」

「う、うん『あいすくりぃむ』なんて食べ物は聞いたこともないよ」

「こ、こんなに美味しいものを食べたことがないなんて……っ！」

（ゆ、ユフィがここまで言うなんて……）

そんなに美味しい食べ物なのだろうか……？

好奇心を強く刺激された私は、あいすくりぃむ屋さんの方に目をやる。

ガラス張りの大きなケースの中には、銀色の箱がたくさん詰まっていた。そしてその銀色の箱の中には白・黒・赤・青・黄と、様々な色の『何か』がたくさん入っている。

多分あれがユフィの言っているあいすくりぃむなんだろう。

（……でも、そんなに美味しそうに見えないけどなぁ）

「こんなカラフルな食べ物見たことがないんだけど……。野菜……じゃないんだよね？」

私のいた世界でカラフルな食べ物といえば野菜だ。

それだって、ここまでいろんな色があるわけじゃない。

「や、野菜ではないですね……。もっと甘くて冷たいものですよ」

「つ、冷たいの!?」

こんなにカラフルなのに、甘くて冷たい——どんな味がするのか想像もつかなかった。

「うーん百聞は一見に如《し》かず……ですね。一つずつ注文してみましょう！　ティアは何味がいいですか？」

「う、うーん……」

バニラ・チョコ・イチゴ・チョコミント・グレープなどなど、商品の名前が書かれたラベルが張り出されているけど……。

（……どんな味がするのか全然想像がつかない）

「ご、ごめんちょっとわからないや……。ユフィのおすすめは何味なの？」

「私のおすすめですか……。これは責任重大ですね……」

するとユフィは顎《あご》に右手を添えながら、あいすくりぃむをジッと見つめた。

「うーん……。ティアのようなアイスクリーム初心者さんには……バニラやチョコのような一般的な味がいいと思います。チョコミントは好みが分かれますし、果物系統は味が濃い過ぎる場合がありますから」

「な、なるほど……」

彼女におすすめされたバニラとチョコを見比べてみる。

（白いのがバニラで黒いのがチョコ……。うーん、ちょっとチョコは毒々《どくどく》しい色だなぁ……）

どちらかというと真っ白なバニラの方がまだ食べ物に見える。

「そ、それじゃバニラ……でお願い」

「わかりました。――すみません、バニラとチョコを一つずつお願いします」

どうやらユフィはチョコのあいすくりぃむの気分のようだ。

「かしこまりました。バニラとチョコですね」

かわいい制服に身を包んだお姉さんは、大きなスプーンであいすくりぃむをすくい、それを円錐形《えんすいけい》の茶色い入れ物に載《の》せた。

「バニラとチョコで七百ロンドになります」

「はい、七百ロンドちょうどです」

「ありがとうございました」

お姉さんからあいすくりぃむを二つ受け取ったユフィ。

「はい、ティア。バニラ味のアイスです」

「あ、ありがと」

（こ、こんな奇妙《きみよう》な形のもの……本当に食べて大丈夫なのかな……）

私が呆然《ぼうぜん》と手元のあいすくりぃむを見つめていると、

「いただきます」

ユフィは黒い球体のそれを何の躊躇《ちゆうちよ》もなく、そのまま口に含んだ。

「んーっ。濃厚な甘さがたまりません。とってもおいしいですっ！」

どうやら期待通りの味だったようで、彼女は幸せそうに身震いしていた。

「……ティア？　早く食べないと、溶けてしまいますよ？」

「ご、ごめん。い、いただくね……っ」

私は意を決して、あいすくりぃむを口に含んだ。

その瞬間。

「……んんっ!?」

柔らかくて冷たくて甘くて――これまで味わったことのない未知の衝撃が口内を駆け抜けた。

「お、美味しいっ！　とっても美味しいよ、これっ！」

「あは。それは良かったです」

そうして私がバニラ味のアイスに舌鼓《したつづみ》を打っていると、

「……ねぇ、ティア。もしよかったら、交換っこしませんか？」

突然、ユフィはそんなことを言い出した。

「交換っこ？」

「はい。私もバニラ味を食べたくなってしまいました。それに……ティアにもチョコ味も食べてみてほしいんです」

「ちょ、チョコ味を……っ」

あの黒い謎の物体を……食べる。

私が思わず言葉を失っていると、

「ダメ……でしょうか？」

ユフィは見るからにしょんぼりとした様子で、上目遣《うわめづか》いでそう問いかけてきた。

（うっ……それはズルいよ）

そんな捨てられた子猫のような目をされたら断れるわけがない。

「……もぅ、わかった。いいよ」

「やった！　ありがとうございます！」

するとユフィはさっきまでの元気のない表情から一転、花が咲いたような笑顔を浮かべた。

「でも、交換っこって言ってもどうやって――」

私がそう言い切る前に、ユフィはチョコ味のあいすくりぃむをこちらに向けた。

「はい、あーん」

「……ふぇ？」

私が困惑《こんわく》げに首を傾げると、ユフィも同じように首を傾げた。

「えっと……あーん、ですよ？」

そう言って彼女は小さく口を開けて見せた。

「え、あ、ご、ごめんねっ」

ようやく「あーん」の意味を理解した私は、ぎこちなく口を開けた。

何だか周りに見られているような気がしてちょっと……ううん、かなり恥《は》ずかしかったけど……。この流れで断るわけにはいかない。

「あ、あーん……あむっ」

チョコ味のあいすくりぃむが口の中に広がった。

「ふふっ、おいしいですか？」

「う、うん、おいしいよっ」

口ではそう言ったものの……正直、ドキドキしてあんまり味はわからなかった。

多分、甘くておいしかった……と思う。

「では今度は、ティアのバニラ味もいただけますか？」

胸のドキドキが収まらない内に、ユフィは続けざまにそう言った。

「え、あ、うん……っ」

混乱しながらもとりあえず私が頷《うなず》くと、

「あーん」

不意に目を閉じたユフィが口を開けた。

「あ、あーん……っ」

ユフィの口元にバニラ味のあいすくりぃむを差し出す。

（こ、これは……）

される方も恥ずかしいけど、する方もする方で恥ずかしい……っ。

顔を赤くしながら「は、早く食べて……っ」と願っていると、ようやくユフィの口が動いた。

「はむ……うん！　やっぱりバニラ味もおいしいですね！」

「そ、そっか！　それはよかった！」

キョロキョロと周囲を見渡して、誰にも見られていないか確認する。

別に知り合いの人がいるわけじゃないけど……とにかく恥ずかしかった。

「あっ、ティア。動かないでくださいね」

「え、ど、どうしたの？」

ユフィの言う通りにその場で固まっていると、彼女の細い指が私の頬《ほ》っぺたをスッと走った。

「ふふっ、アイスがついていましたよ？」

するとユフィは手に付いたアイスを口に含んだ。

「……うふふっ。ティアの味がします」

「も、もう何を言っているの！」

「あはは。冗談ですよ、冗談」

「も、もぅ！」

いたずらっ子のように笑うユフィの背中をポカポカと叩《たた》く。

それからユフィと一緒にあいすくりぃむを食べ終わると、

「あっ、ティア。あっちで輪投げがありますよ！　行ってみましょう！」

すぐに新しい出店を見つけた彼女が、私の手を取って走り出した。

「ちょ、ちょっとユフィ!?」

その後も二人で一緒にいろいろなお店に行って楽しんだ。

彼女は私が思っていたよりもずっと活動的で、少し子どもっぽいところもあるみたいだった。

ユフィの新たな一面を見れたような気がして、何だか嬉《うれ》しかった。

何より、これまで私は同年代の友達が一人もいなかったので、こんな風に女の子と一緒に遊ぶのがとてもとてもとても楽しかった。

■

その後、

「ふぅ……。ちょっとだけ疲れましたね」

輪投げにボールすくい、くじ引きと一通りお祭りを堪能《たんのう》した私たちは、近くのベンチに腰を下ろしていた。

「あはは、ユフィがはしゃぎ回るからだよ」

「ふふっ。普段はお仕事があって、城内からあまり抜け出せませんからね。こういうときは目《め》一杯《いっぱい》遊ぶって決めているんです」

「な、なるほど……」

そう言われると、納得してしまう。

彼女はロンドミリア皇国の皇帝。

私なんかには想像もできないほど、忙しい毎日を送っているのだ。

「あっ、そうだ。この近くに気持ちの良い風が吹く河原《かわら》があるんですよ。もしよろしければ、一緒に行きませんか？」

「うん、それいいね！」

今回のお祭りはとても楽しかったけれど、田舎《いなか》育ちの私には少しだけしんどいところもあった。日頃から畑仕事を手伝っているから、体力的には全然大丈夫なんだけれど……。

（『人疲れ』って言えばいいのかな……？）

これまで見たことないほどたくさんの人に囲まれて、何だか精神的に疲れてしまっていた。

そんな状況の私にとってユフィの申し出は本当にありがたかった。

それから彼女に連れられて右へ左へと街を進んでいくと、パッと視界が開けた。

「さぁ、到着です」

「うわぁ……いい風」

ユフィの言う通り、本当に気持ちの良い風が吹く河原だった。

透き通った綺麗な水が流れ、小鳥のさえずりに心が洗われる。

そう、本当にいい場所なんだけれど……。

「な、何か変な人がいる……」

私の視線の先では、獣《けもの》の仮面をかぶった大柄《おおがら》の男の人がいた。その手には大きな木刀《ぼくとう》が握られており、上半身裸《はだか》のまま素振りを繰り返していた。

「ゆ、ユフィ……な、何か変な人がいるんだけど……？」

街中が楽しいお祭りムードの中、上半身裸で一人黙々と木刀を振り続ける。

——控《ひか》えめに言って、とっても変な人だった。

間違っても、おいそれと声をかけていい人じゃない。

「あぁ、それなら大丈夫ですよ」

ユフィはクスリと笑うと軽やかな足取りで、河原の階段を降りていった。

「あっ、ちょ、ちょっと待ってよ！　危ないよ、ユフィ！」

私の制止の声も聞こえていないのか、彼女は鼻歌まじりで進んでいく。

この国の皇帝陛下《へいか》であり、何より——大事な友達であるユフィをあんな変な人のところに一人で行かせるわけにはいかない。

「も、もう！　ちょっと待ってよ！」

私は急いでユフィの後を追って階段を駆け下りた。

すると信じられないことに、彼女はまるでお天気の話題を振るかのような気軽さで、あの変な人に話しかけた。

「今日もお稽古《けいこ》ですか？」

「ぬっ？　皇女《こうじょ》……いや今は皇帝か。久しいな」

その人は一目でユフィの正体を見破った。

変な人なのに、信じられない目を持っていた。

「ば、バレてるよ、ユフィ!?」

皇帝陛下がろくな護衛《ごえい》もつけずにこんな河原をうろついている。

この情報が広まってしまっては、ユフィの身に危険が降りかかることぐらい、私でもわかる。

「今すぐ逃げよう」――そう言おうとしたそのとき。

「この人はドンゾさん。私の知り合いの方ですよ」

彼女はそんなとんでもない情報を口にした。

「……え？　そうなの？」

変な人――じゃなくて、ドンゾさんの方に視線を向けると彼はコクリと頷いた。

「そ、それならもう少し早く言ってよぉ……っ」

一人てんてこ舞いになっていた私は、何だったのだろうか……。

がっくりと肩を落としていると、ユフィが申し訳なさそうに謝ってきた。

「ご、ごめんなさい……っ。久しぶりにドンゾさんの姿が見えたものでしたから、つい……っ」

「もう……ユフィが大丈夫ならそれでいいよ」

「ごめんなさい……でも、ありがとう、ティア」

そうして二人で仲良くお話ししていると、一人置いてけぼりとなっていたドンゾさんがゴホンと咳払《せきばら》いをした。

「ゴホン……ところで皇帝よ。その娘はどうした？　ずいぶんと仲睦《なかむつ》まじげだったが？」

「あっ、紹介が遅れましたね。こちらは私のお友達のティア。仲良くしてね、ドンゾさん」

「ティアか……よし、心得た」

続けてユフィは、ドンゾさんのことを紹介してくれた。

「この人はドンゾさん。昔私が怖い人に絡《から》まれてしまったときに助けてくれたんですよ」

「つまらぬ虫が目に入ったのでな、追い払ったまでだ」

「よ、よろしくお願いします」

私がペコリと頭を下げると、彼は一歩ずいっと近寄ってきた。

「我が名はドンゾ。よろしく頼む」

そうして彼は礼儀正しくペコリと頭を下げた後、スッと右手を差し出してきた。

「ティ、ティア＝ゴールドレイスです……っ。よ、よろしくお願いします」

多分私の三倍近くはある大きな手と握手した。

……内心、握りつぶされそうでちょっと怖かったけど、全然そんなことはなかった。

むしろ私を気遣《きづか》ってか、包み込むように優しい握手だった。

（さっきユフィが「助けてくれた」って言っていたし……）

もしかすると見た目に反して、とても優しい人なのかもしれない。

そうして私とドンゾさんの握手が終わったところで、ユフィが「そういえば」と話を切り出した。

「ドンゾさん、あれから調子はどうですか？」

彼女がそう問いかけると、ドンゾさんはコクリと頷き、河原に生《は》えている大きな木の前に立った。

それから木刀を上段に構え、大きく息を吸い込み——カッと目を見開いた。

「——武神《ぶしん》九連斬《れんざん》っ！」

次の瞬間、凄《すさ》まじい速度で大木に切りかかった。

「ぬぅうううらぁあああああっ！」

その数秒後。

一連の技《わざ》を終えたドンゾさんは、大きくため息をついた。

「……足りぬ。数百年前に見たあの剣神の絶技《ぜつぎ》には……遠く及ばぬ……っ」

彼は悔《くや》しそうにそうつぶやくと、また一人素振りを始めた。

「私には十分凄《すご》い技に見えるんですけどね……」

ユフィは困惑げにそう言った。

「うーん……。あと一歩、踏み込めばいいのに……」

それにつられて私がそんなことをポツリとつぶやくと、

「ぬ……っ？　ティアよ、お主……見えたのか？　我が最速の剣が」

「てぃ、ティア？」

二人は目を丸くしてこちらを見た。

「……あ」

どうやら私は、言わなくてもいいことを言ってしまったみたいだった……。

「ティアとやら。今の言葉、儂《わし》の動きが見えたとでも言うのか？」

ドンゾさんは顔をこちらにズィと寄せて、同じ問いかけを繰り返した。

「え、えっと……。袈裟《けさ》切り、左切り上げ、逆袈裟、右切り上げ、水平斬《ぎ》り、薙《な》ぎ払い、唐竹《からたけ》、逆風《さかかぜ》そして最後に突き……ですよね？」

武神《ぶしん》九連斬《れんざん》――お母さんがお父さんと喧嘩《けんか》するときによく使っている技《わざ》だ。

まるで嵐のような九連撃を前に、お父さんはいつも悲鳴をあげていた。

「……っ！」

私の回答を聞いたドンゾさんは、一瞬顔を強張《こわば》らせ――その後、突然豪快《ごうかい》に笑い始めた。

「ド、ドバババババッ！　おもしろい、おもしろいぞ！　ティアとやらっ！」

「ど、どう、も……？」

何がそんなに面白《おもしろ》いのかわからなかった私は、困惑《こんわく》しながら首を傾《かし》げた。

「そうだ！　ぜひ、やってみせてくれ！」

そう言って彼はガサゴソと荷物を漁《あさ》り、その中から小ぶりの木刀《ぼくとう》を手に取ると、スッと私の方へ差し出した。

「え、い、いや……っ。私、剣なんてほとんど振ったことがないんですけど……!?」

剣聖であるお母さんに、護身術《ごしんじゅつ》程度にいくつかの技を教えてもらったぐらいだ。

「ドバババッ！　謙遜《けんそん》はよせ！　儂の剣を見切るその目――ティアが只者《ただもの》ではないことぐらい、頭の悪い儂にとてわかるぞ！」

そう言って彼はズイィと木刀を差し出した。

（こ、こんな大きな人に詰め寄られると……正直とんでもなく怖い）

「わ、わかりました……っ」

私は仕方なく木刀を受け取ると、半《なか》ば破れかぶれになって大木の前に立った。

「……」

「ティア！　頑張ってくださいーっ！」

品定めをするようなドンゾさんの鋭い視線。

そして期待に満ちたユフィのキラキラとした視線。

（や、やるしかない……よね）

覚悟を決めて、私は木刀を正眼《せいがん》の位置に構えた。

「え、えーっと……武神九連斬」

袈裟切り、左切り上げ、逆袈裟、右切り上げ、水平斬り、薙ぎ払い――一歩踏み込んで唐竹、逆風そして最後に――突き。

そうして私の剣を受けた大木は、大きな音を立てて倒れた。

「こ、ここまでとは……っ」

「ティア、とってもかっこいいです！」

体が勝手に動いたというか、とにかく不思議な感覚だった。

「……で、できちゃった」

私がびっくりして、目を白黒させていると、

「わ、儂を弟子《でし》にしてくれ……っ！」

ドンゾさんは突然頭を下げてきた。

「え、ええ……っ!?」

いろいろと混乱する私に構わず、彼はどんどん話を進めた。

「ティアよ、そなたの太刀筋《たちすじ》には――かの剣神に通ずるものがあった！」

「け、剣神……ですか……？」

(剣神って確か……確か昼間見たあのお面のモチーフになった人だよね……)

「うむ！　よくよく見れば、顔立ちが――何よりもそのどこか抜けた雰囲気《ふんいき》がそっくりだ！」

……それは、褒《ほ》められているのかな？

「どうか、ぜひに……っ。儂を貴殿の弟子にしてはくれぬか……っ！　この老いぼれの五百年越しの願い——どうか、どうか叶《かな》えてはくれまいか……っ!?」

そうしてドンゾさんは額《ひたい》を地面にこすりつけた。

「ご、五百年……!?」

いくらなんでもそれは大袈裟《おおげさ》じゃないだろうか？

そんなことを思っていると、横からユフィが小さな声で説明してくれた。

「実はドンゾさんは獣人《じゅうじん》なんですよ。あのお面の下はとっても可愛《かわい》い狐《きつね》さんで、とにかくとっても長生きなんです」

「そ、そうなんだ……っ」

五百年……想像すらできない、とんでもなく長い時間だ。

「で、では……お友達から……じゃ駄目でしょうか？」

いきなり弟子とか言われても困ってしまう。

ここは一つ、お友達で手を打ってほしいところだ。

すると、

「あ、ありがたき幸せ……っ」

ドンゾさんは嬉《うれ》しそうに何度も何度も頭を下げた。

そんなに恐縮《きょうしゅく》されるとこちらも畏《かしこ》まってしまう。

「い、いえいえっ！　そんなそんな、こちらこそどうか一つお願いいたします……！」

そんなやり取りを見ていたユフィがクスリと笑った。

するとゴーンゴーンと街の方から大きな鐘《かね》の音が聞こえてきた。

「あっ、そろそろ帰らないと……。爺《じい》やに気づかれてしまいますね……」

そう言えば……すっかり忘れていたけど、今回のこれは完全なお忍び。

あの髭《ひげ》モジャやお城の人たちにバレたら、きっと大変な騒ぎになることは間違いない。

「は、早く帰らないとっ！」

「はい、少し急ぎましょう！」

「それじゃドンゾさん、またね」

「ドンゾさん、どうかお元気で」

「うむ。ティア殿も皇帝もまた会おう！」

そうして私とユフィはお城へと帰った。

■

それからお城の衛兵《えいへい》にバレないようにこっそりと移動し、何とか無事にユフィの私室へと戻ることができた。

「ふぅ……まだ心臓がドキドキしてるよ……」

気づかれないようにコソコソと城内を移動するのは……何というか精神的にとても疲れる。

「ふふっ、すぐに慣れますよ」

「そうかなぁ……」

「はい。私は二回目にはもう慣れましたよ？」

「あはは、それはユフィの心臓が強過ぎるよ」

「あれ、そうでしょうか？」

そんな会話を二人交わしていると、ハッと思い出したかのようにユフィがパンと手を打った。

「そう言えば……武神九連斬っ！　すごくかっこよかったですよ、ティア！」

「あー……あはは、ありがとう。……でも、あんなのやったことなかったんだけどな」

お母さんがやっているところは何度か見ていたけど、練習したこともなければ教えてもらったこともない。

するとユフィは顎《あご》に手を添え、少し考え込んだ。

「うーん……。もしかすると、加護のおかげかもしれませんね」

「えーっと確か……『剣聖の娘』だったっけ？」

「はい。――剣術を極《きわ》めた剣聖の娘。全《すべ》ての剣術を即時に会得《えとく》可能。というとんでもない効果の加護です」

「うん……きっとそうかも」

記憶の中のお母さんの動きを瞬時に会得したということだ。

（でもそれって……ユフィの言う通り、とんでもなく凄《すご》い力じゃないのかな？）

ぼんやりそんなことを考えていると、コンコンコンと扉がノックされた。

「陛下、そろそろ夕食のお時間でございます」

髭モジャの声だ。

「ありがとうございます、今行きます」

短くそう答えたユフィは、スッと立ち上がる。

「それじゃ行きましょうか、ティア」

「うん」

今日のご飯は何だろうなぁ。

そんなことを思いながら、ユフィと一緒に食堂へ向かった。

四：聖女とテスト

「ふわぁ……っ」

窓から降り注ぐ暖かい陽《ひ》の光で私は今日も目を覚ました。

「おはようございます、ティア」

「んー……っ。おはよう、ユフィ」

大きく伸びをして眠気を飛ばす。

どうやら今日もいい天気のようだ。

「あれ……？　どうしたの、その服？」

ユフィはいつもの修道服のような服装ではなく、噂《うわさ》に聞く制服のようなものを着ていた。

「あぁ、これですか？　今年から聖サンタクルス女学院に入学するので、『サイズの確認をしておくように』と爺《じい》やに言われていたんですよ」

「へぇー……そうなんだ。女学院に……って、学校!?」

その後、ユフィと一緒に朝食を食べながら、髭《ひげ》モジャから話を聞いた。

「陛下《へいか》も十三歳となりましたので、今年より聖サンタクルス女学院に入学するのですよ」

「そ、そうなんですか……」

生まれてから初等教育までは、極力身の危険を避けるため城内で教育を。

そして中等教育以降は、同年代との関係を構築し、人間性を高めるべく、場外の学校で教育を受けるらしい。

聖サンタクルス女学院は国立の学校で、王族や貴族がたくさん通うとても格式高い学校。学内には衛兵《えいへい》や貴族の私兵が何人も待機していて、その警備たるや城内と大差がないとのことだ。

ユフィが学校に行って、たくさんの友達を作る。

そのこと自体は凄《すご》くいいことだと思う……でも、一つだけ聞いておかなければならないことがあった。

「え、えっと……その間、私は？」

「申し訳ございません。聖女様にはもしものために聖サンタクルス女学院の付近で待機をお願いできれば……と思います。聖女大戦において、契約破棄《はき》を目的とした召喚士《しょうかんし》への襲撃《しゅうげき》は、定《じょう》石《せき》中の定石ですので」

……そう言えば、髭モジャは私とユフィが聖女の契約を結んでいると思っているんだった。

それに他の陣営から見ても、私とユフィは召喚士と聖女という関係に見えているはず。

（……ユフィの身が危険なのは間違いない）

可能な限り一緒にいなきゃ……。

でも、私一人ぼーっとどこかで待機しているのは寂《さび》しい。

「その……私もユフィと同じ学校に通ったりは……？」

無茶かも知れないけど、一応手を挙げて言ってみた。

「それ、とてもいいと思います！」

「せ、聖女様が学校に……!?」

ユフィがパンと手を打った一方で、髭モジャは顔を顰《しか》めた。

やっぱり少し……ううん、かなり難しいことだったかもしれない。

「だ、駄目ですよね……」

誇れることではないけれど、私はそこまで勉強が得意ではない。

お父さんとお母さんから簡単な算術や一般常識は教えてもらっている。

でも、それだけだ。

教養や深い知識は何もない。

すると、

「うぅむ……聖女様が学校に……っ（ステータス上、聖女様は頭が残念であられる……。圧倒的なレベル補正のおかげで、何とか会話こそできているが……。しかし、それでも本当にどうしようもなく残念であられることに疑いの余地はない……）」

いったい何を考えているのか、髭モジャは唸《うな》り声をあげ、その立派《りっぱ》な髭をわしゃわしゃと揉《も》み始めた。

「むむむむ……っ。聖女様、学校、教育……っ（今後、聖女大戦に勝ち残っていくためには、様々な作戦をこなしていかなくてはならない。知能がFの聖女様では……複雑な作戦を覚えることは不可能……っ。ここは学校へ行かせ、少しでも勉強をさせたほうが得策《とくさく》……か）」

そしてようやく考えがまとまったのか、髭モジャはポンと手を打った。

「ふむ……確かにそれは悪くないかもしれません！」

「でしょう、爺や！」

「ほ、ほんとですか!?」

その予想外の回答に私は大きく目を見開いた。

試《ため》しに言ってみるものだ。

「ええ。ですが、その前に……恐れながら簡単なテストを受けていただいてもよろしいでしょうか？」

「テスト……ですか？」

「はい。聖女様の学力を測《はか》るためのちょっとしたものでございます。ほんの十分もあれば終わりますので、試しに一度受けていただけませんでしょうか？」

「わかりました！　任せてください！」

「では、まずこの算術のテストからお願いいたします」

「はいっ！　ちょっと待っててください！」

■

それから私は問題の書かれた一枚の紙を手に、別室へと移動した。

試験時間は十分。

問題は全部で八問。

しかも、どれも簡単な問題ばかりだった。

(これだったら、私でもへっちゃらだよ……っ)

きっかり十分後。

私は確かな手応《てごた》えと共に、しっかりと全《すべ》ての問題を埋めたテスト用紙を片手に別室を抜け出した。

「できました！」

「お疲れ様です、ティア」

「おぉ、お早いですね！　もしや聖女様には少し簡単過ぎましたかな？」

「ふふっ、私だってこれぐらいはわかりますよ」

自信満々に答案用紙を渡す。

「では早速《さっそく》答え合わせをさせていただきますね」

そう言って髭モジャは解答用紙に目を落とした。

1）4＋7＝11

2）23＋37＝60

3）13－6＝613

4）51－25=2551

5）3×2＝32

6）14×3＝143

7）6÷3＝216

8）24÷2＝576

「……なるほど」

（引き算からでございますか……）

私の答案が予想以上にばっちりだったためか、髭モジャは優しい目をして何度も頷《うなず》いた。

（聖女様は闘神《とうしん》……。だが、まさかこれほどまでに酷《ひど》いとは……）

髭モジャの目は、これまでで一番優しいものだった。

（いやいや、私は何をそこまで高望みしていたのか……。相手は知能が最低のFランク……。『算術』というものを理解できるだけでも儲《もう》けもの……っ！）

髭は何も言わなかった。

ただただ無言で頷いていた。

（それに……一応学習意欲は人並みにあられる模様……。ここは適度におだて、今後の伸びに期待するしかありませんな……）

そうして長い長い沈黙の後《のち》、髭はついに口を開いた。

「いや、見事な点数でございます！　さすがは聖女様！」

「ほ、本当ですかっ!?　何点でした!?」

「はい！　これならばどこの学校であろうと入学できることでしょう！　他のテストについてももうこれ以上は必要ありません！」

「や、やったっ！　それじゃユフィと同じ学校に行きたいです！　あと、何点だったか教えてくれませんか!?」

「もちろん、陛下と同じ学校でございますとも！　それにしても、さすがは聖女様！　素晴らしい解答でございました！」

結局、髭モジャはテストの結果を教えてくれることはなかった。

でも、多分あの手応えからして、そこまで酷いものじゃなかったはず。

「とにかく、これでユフィと一緒に学校に行けるね！」

「はい、ティアと一緒ならばとても心強いです」

二人で手を取り合っていると髭モジャが戸棚《とだな》から一枚の紙を取り出し、サラサラと何かを書き始めた。

「ふむ……それでは私は急ぎ制服の手配をして参ります。聖サンタクルス女学院の説明は、陛下にお任せしても問題ないでしょうか？」

「はい、大丈夫です」

「では、私はこれにて失礼いたします」

そう言って髭モジャは足早にどこかへ行ってしまった。

(そう言えば……ここに来てから、髭モジャが休んでいるところを一度も見たことがない気がする)

髭はいつも忙しそうにあちこちを行き来しており、いろんな人に指示を出していた。

（やっぱりアレだけ立派な髭を持っているだけあって、凄い人なんだなぁ。……危ない人ではあるけど）

私は心の中で髭モジャへの評価を少しだけ高めた。

■

その数日後。

私は今日届いたばかりの制服に身を包んでいた。

「うん、サイズもばっちりですね！　とっても似合っていますよ、ティア！」

「あ、ありがと……っ」

私は気恥《きは》ずかしい思いをしながら、控《ひか》え目にお礼を言った。

友達に服を褒《ほ》められるのは……お父さんやお母さんに褒められるのと違ってかなり照《て》れ臭かった。

（それにしても……凄く高そうだなぁ）

聖サンタクルス女学院の制服はまさに純白。

施《ほどこ》された刺繍《ししゅう》はまるで芸術品のように美しく、糸のほつれ一つない。

ちなみに私だけでなく、ユフィも制服に着替えている。

何といっても今日は、聖サンタクルス女学院の入学式なのだ。

制服に着替えた私とユフィが楽しくお喋《しゃべ》りをしていると、私室の扉がコンコンとノックされた。

「陛下《へいか》。そろそろお時間でございます。準備のほどはよろしいでしょうか？」

扉の外から髭《ひげ》モジャの声が聞こえてきた。

「はい。――それではティア、行きましょうか？」

「うん！」

きっと学院には同年代の女の子がたくさんいて、少し難しいけどためになる授業があって――とにかくとても楽しい毎日が待っている。

そう思うと私の胸は、ドクドクと大きな鼓動《こどう》を打った。

ユフィが私室の扉を開けると、髭モジャが複数の衛兵《えいへい》を率《ひき》いて待機していた。

彼らは私たちの姿を見て感嘆《かんたん》の息を漏《も》らす。

「お、おぉ、お二人とも大変お似合いでございます！」

「ふふっ。ありがとうございます、爺《じい》や」

「ど、どうも……っ」

面と向かって褒《ほ》められると、何だかこそばゆい気持ちになる。

「正門に馬車を用意しております。さっ、どうぞこちらへ」

そうして髭モジャとその他大勢の衛兵に連れられて、私たちは正門へと向かった。

「うわぁ……すっごい……」

そこには立派《りっぱ》な体躯《たいく》の馬が二頭と、これまた豪奢《ごうしゃ》な客車があった。

馬は二頭ともに白銀の毛並みがとても美しい白馬だった。やや筋肉質でキリッとした瞳《ひとみ》が凛々《りり》しい。

後ろの客車は白を基調とした上品な意匠《いしょう》で、ロンドミリアの国旗が掲揚《けいよう》されていた。

そのあまりにもゴージャスな馬車に息を呑《の》んでいると、ユフィはそっと私の手を取った。

「ティア、足元に気をつけてくださいね」

そう言って彼女は真っ黒な足台に片足をかけた。

「あ、ありがとう」

そうして私たちは、大きくて立派な馬車に乗って聖サンタクルス学院へと向かった。

その道中、髭モジャは学院内での私の立ち位置について教えてくれた。

なんでも私は、入学試験免除《めんじょ》の特別合格という扱いらしい。

もしかすると数日前に受けたテストの点がよほどよかったのかもしれない。

そして私が聖女だということは、一部の教師のみが知っていて、他の生徒たちには秘密になっているそうだ。

他にも髭モジャは熱心に何かの作戦……？　あれ、戦略……？　——とにかく難しい話をしていたけど、あんまり覚えていない。また今度、髭が暇《ひま》そうなときにでも聞いてみようと思う。

そうこうしているうちに馬車がゆっくりと停車した。

「おっと、どうやら到着したようでございますな」

髭モジャが腰を上げると、御者《ぎょしゃ》が扉をスーッと開いた。

「さぁ、ティア。ここが聖サンタクルス女学院ですよ」

「う、うん！」

開かれた扉の先には、白亜《はくあ》の大きな建物があった。

ユフィのお城よりは少し小さいけれど、それでもとても大きくて立派だ。

ここで学生生活を送ると考えるだけで胸が高鳴った。

「それでは陛下、聖女様。私はまだ政務がございますので、ここで失礼させていただきます。

——聖女様、陛下の守りをお願いいたします」

「いつもありがとうございます、爺や」

「が、頑張ります……っ！」

「それでは、失礼させていただきます」

そう言ってもう一度腰を深く折って、髭モジャは再び馬車に乗り込んだ。

「それじゃティア、行きましょうか」

「う、うんっ！」

周囲を見回すとそこには、私と同じ制服を着た女の子がいっぱいいいた。

「……っ」

私にとっては異様に見えるその光景を前に、思わず息を呑んだ。

「……ティア、どうかしましたか？」

「ううん、何でもない。それよりほら、早く行こ！」

「あっ、ちょっと待ってくださいよ、ティア！」

そして私たちは、聖サンタクルス女学院の門をぐぐった。

■

その後にあった厳《おごそ》かな入学式は、とてもとても長かった。

特に校長先生のお話。

それはもう本当に永遠に続くかと思われるほどだった。

何とか私が起きていられたのは、校長先生になかなか立派な髭が生《は》えていたからだ。

頭の中で髭モジャと校長先生の髭を競わせることで、何とか眠気と闘《たたか》っていた。

ちなみに長さ・色・威厳《いげん》の三番勝負——結果は全《すべ》て髭モジャの勝ち。

さすがは元祖髭モジャ。

そこらの髭とは格が違っていた。

そうして長い長い入学式を終えた私たちは、それぞれのクラスへと移動を開始した。

「ふわぁ……」

大きく伸びをしながら欠伸《あくび》をすると、隣を歩くユフィがクスリと笑った。

「ふふっ、大きな欠伸ですね。まだ午前中ですよ？」

「校長先生のお話が長かったんだもん……。ユフィは眠くならなかったの？」

「私は仕事柄慣れていますから。でも、そうですね……。確かに、少しだけ長かったかもしれません」

「やっぱりそうだよね！」

二人でそんな話をしながら埃《ほこり》一つない綺麗《きれい》な廊下を歩いていると、ユフィの足がピタリと止まった。

「あっ、ここがA組のようですよ」

「ほ、ほんとだ」

彼女の視線の先には『1-A』と記された室名札《しつめいふだ》があった。

聖サンタクルス女学院は、一クラス二十人の少人数制。

私はユフィと同じ一年A組だった。これは偶然ではなく、召喚士《しょうかんし》と聖女という関係上ごく当然の処置らしい。

「入りましょうか」

「う、うん……っ」

緊張のあまりお腹《なか》がキリキリしてきた私と違って、ユフィはいつものように落ち着き払っていた。

(さ、さすがは一国の長である皇帝陛下……っ)

心の中でユフィに拍手《はくしゅ》を送っていると、彼女はガラリと教室の扉を開いた。

そこには既《すで》に大勢の生徒が座っており、なんというか独特な緊張感に包まれていた。

難しそうな分厚い本を読んでる人。

どこか儚《はかな》げな表情で窓の外を見つめている人。

凛《りん》としたオーラを放ちながら、目を閉じている人。

(し、静かだ……っ)

そう、とにかく静かだった。

私がこれまで経験したことのない空気に圧倒されていると、

「座席は自由みたいですし、このあたりに座りましょうか」

ユフィは一番後ろの列——その窓側の二つの席を指差した。

私はそこでようやく、黒板に『座席自由』と書かれていることに気がついた。

「う、うんっ」

私たちが席に着くのとほとんど同時にキーンコーンカーンコーンとチャイムが鳴った。

それからほどなくしてガラガラと教室の扉が開き、男の人が入ってきた。

「あれ？　ユフィ、ここって確か女の子だけの学校……だよね？」

「そうですよ。ですからあの人は生徒ではなく、先生になりますね」

男の人は教壇に立つと、ゴホンと一つ咳払《せきばら》いをした。

「えー、まずはみなさん。聖サンタクルス女学院への御入学おめでとうございます。俺はこのクラスの担任を任されたノエル＝ノートリウスだ。この春からここに赴任《ふにん》してきた新米教師。気軽にノエル先生って呼んでくれー」

そう言ってノエル先生はニヘラと笑った。

「まぁちょっとだけ自己紹介すると、好きな食べ物はポッチン貝とキャロロットのムニエルだ。ピッチピチの二十一歳で、専攻は魔法学全般。今年一年よろしくなー」

先生はオレンジ色のよれたコートに緑色の特徴的なネクタイをしていた。

何というかかなり奇抜《きばつ》な格好《かっこう》で……少しだけだらしなさそうな感じがあった。

そうして簡単な自己紹介を終えた先生は、ブンブンとこちらに手を振った。

「陛下――じゃなくて、ユフィとは何度か顔を合わせてるなー」

「ええ、そうですね。今年一年、よろしくお願い致します」

「こちらこそよろしく頼むぞー」

そんな二人のやり取りを聞いた私は、すぐに小さな声でユフィに話しかけた。

「ノエル先生のこと知っているの？」

「はい。爺や――カロンのお弟子《でし》さんの一人ですね。カロンにしては珍《めずら》しく、魔法の腕を褒めていたのを覚えています」

「髭モジャが褒めていた……」

それは……凄《すご》いのか凄くないのかよくわからない……。

（いや、でも髭モジャは確か宮廷魔法師とかいうとても偉《えら》い地位についていたし……）

それに今の口振りだとあの髭には、他にも多くの弟子がいるみたいだ。

（この先生も実は凄い人なのかも……）

ぼんやりとそんなことを考えていると、先生がパチンと手を打った。

「よし、そろそろみんなにも自己紹介をしてもらおうか。……それじゃ前列右端の君からお願いしようかな」

こうして一年Ａ組のみんなは、一人一人自己紹介を始めた。

その後、自己紹介は淡々《たんたん》と進んでいった。

自分の名前と簡単な一言を述べてから、お辞儀《じぎ》をして座る。

（え、えーっと……。さっきのがエリンさんで、茶色の綺麗な髪の子がオービスさんで……っ）

私はみんなの顔と名前を一致させようと必死だった。

そんな感じで一人また一人と自己紹介は終わっていき、気づけば私の番がやってきた。

「はい、それじゃ次よろしくー」

「は、はいっ！」

他のみんながやっていたように、できる限り音を立てないように静かに椅子《いす》を引いて、背筋《せすじ》をピンと立てて真《ま》っ直《す》ぐ前を向いた。

「てぃ、ティア＝ゴールドレイスです。よろしくお願いいたしひゃすっ！」

……噛《か》んだ。

「浮かないように、優雅《ゆうが》な振る舞いを！」――という意気込みが空回《からまわ》りした結果だ。

顔が徐々《じょじょ》に赤くなっていくのがわかる。

体の真ん中あたりから熱がフツフツと湧《わ》きあがってくる。

（うぅ、絶対笑われちゃうよ……っ）

顔を伏せて、目を閉じていたけれど――私の予想とは違ってどこからも笑い声は聞こえてこなかった。

それどころか優しく温かい拍手が鳴った。

(み、みんなとってもいい人だ……っ)

このクラスならば、この先もきっと楽しく過ごせる。

確かな手応《てごた》えを持ちながら、私はペコリと頭を下げる。

「よし、それじゃ最後に陛――じゃなくて、ユフィ。よろしく頼む」

ノエル先生からそう言われ、隣に座っていたユフィが立ち上がった。

「ユフィ＝ロンドミリアです。みなさま、仲良くしていただけると嬉《うれ》しいです」

私と違ってよどみなくスムーズに言い切ったユフィに、大きな拍手が送られた。

無事に全員の自己紹介が終わったところで、ノエル先生はパンと手を打った。

「よし、それじゃ今から教科書を配布するから、みんな一列に並んでくれ」

その後、私たちはたくさんの配布物を受け取り、簡単なオリエンテーションを受けて――今日はこれで解散することになった。

■

聖サンタクルス女学院は名門中の名門校であり、その授業レベルはとても高い……とユフィから聞いている。

そして現在……前情報の通り、とっっっても難しい授業に私は目を回していた。

今受けている授業は基礎魔法理論。

こんなに難しいのに『基礎』とはいったいどういう了見なのか。

(……うん、これは無理だ)

第一回目の授業から何を言っているのかわからない。

大きく伸びをして、クラスメイトの様子を窺《うかが》う。

みんなは真剣な表情で教科書に目を落としながら、先生の話に耳を傾けていた。

(……みんな、理解しているっぽい)

私のように授業が始まって三分も経《た》たないうちに白旗《しろはた》をあげている生徒は、一人もいなかった。

(とりあえず……帰ったらすぐにユフィと髭モジャに相談しよう)

これは緊急事態だ。早い内に手を打たないととんでもないことになってしまう。

(いや……もうこれは手遅れじゃないかな?)

今から勉強したってみんなについていけるとは到底《とうてい》思えない。

(……っ!? だ、ダメダメ！ そんな弱気になってたらダメだよ！)

臆病風《おくびょうかぜ》を何とか追い払って、再び先生の話に意識を傾ける……が、わからないものはわからない。

（と、とりあえず……お城に帰ったら自習できるように、ノートだけでもちゃんととろう！）

これは理解することから逃げたんじゃない……そう、戦略的撤退《てったい》っ！

蛮勇《ばんゆう》と勇気は違うと、昔の偉い人が言っていたような気がするし、この判断はきっと正しい。

そうして私が必死に板書《ばんしょ》を写していると、先生がパンと手を打った。

「よし、それじゃ座学はここまでにして――次は火属性の初級魔法を実践《じっせん》してみようか。今教えた魔法を各自その場で発動させてくれ」

今教えた魔法……なんだっけ？

私は慌《あわ》てて手元のノートに目を走らせる。

するとそこに火属性初級魔法〈火球〉と書かれていた。

「一応もう一度言っておくが、呪文《じゅもん》は『祖《そ》よ、大霊《たいれい》が囁《ささや》きをここに示せ』だ。手のひらで……そうだな、五秒も維持《いじ》できればいいだろう。それじゃまずは俺がお手本を――『祖よ、大霊が囁きをここに示せ』」

すると次の瞬間、ノエル先生の手のひらにポッと握り拳大《こぶしだい》の火が灯《とも》った。

「す、凄い……っ」

手のひらで煌々《こうこう》と燃える火を見た私は、感動のあまり思わずポツリとそうつぶやいた。

「あれ……？　ティアは魔法を見たことはありませんでしたっけ？」

隣の席でそれを聞いていたユフィが小首を傾《かし》げた。

「お父さんもお母さんも魔法なんて邪道だって言って、全く教えてくれなかったの」

お母さんは「魔法なんてなくとも、剣さえあれば万事《ばんじ》問題ありません」と言い、お父さんは「健全な精神は健全な肉体にこそ宿る――魔法なんて必要ないぞ」と言っていた。

二人ともに魔法をあまり好ましく思っていないみたいだった。

「それじゃ今から十分の時間を取るから、各々《おのおの》やってみてくれ。――俺はちょっとコーヒー買ってくる」

そう言って先生は教室を後にした。

その直後、教室は少しざわめきを見せた。

「な、なかなかレベルが高い授業でしたね……」

「恐ろしい授業スピード……少しびっくりしてしまいました……っ」

「少し奇抜な服装だったので、大丈夫かなと思いましたけれど……さすがは聖サンタクルス女学院。先生の質は確かですね……」

先生がいなくなった教室でクラスメイトがポツポツとお喋りを始めた。

それを聞いた私は、内心ホッとしていた。

(よ、よかった……難しかったのは私だけじゃなかったんだ……)

理解に差があることは間違いないけど、それでも他のみんなも難しいと思っていた。これを聞けただけでも、ちょっと気が楽になった。

「ゆ、ユフィはどうだった……?」

隣で教科書を眺《なが》める彼女に話を振ってみた。

「爺やに教えてもらっていたところなので大丈夫でした。少し進むスピードが速いようには感じたのですけれど……ティアは大丈夫でしたか?」

「え、えっと……っ」

他のクラスメイトがいるここで正直に「全くわかりませんでした」というのは……さすがにどうかと思われた。私にだって少しぐらいのプライドはある。

「ま……まぁまぁかな?」

「さすがはティア! 難しい授業なのに凄いです!」

「ま、まぁ、ね?」

そうして私は小さな嘘《うそ》をついてしまった罪悪感を胸に、ため息をこぼすのだった。

また後で……お城に帰ってから、ちゃんと正直に「わかりませんでした」と白状《はくじょう》しよう。

そんなことを考えていると、

「——祖《そ》よ、大霊《たいれい》が囁《ささや》きをここに示せ」

「わっ、凄《すご》い！」

「わ、私も——祖よ、大霊が囁きをここに示せ！」

周りのクラスメイトは、一人また一人と次々に魔法を成功させていった。

みんなの手のひらには、赤くて綺麗《きれい》な火がメラメラと揺れていた。

それはとても不思議な光景で、そんな風に火を操《あやつ》るみんなはおとぎ話に出てくる魔法使いみたいだった。

「わ、私にもできるかな……」

期待と不安が入り混じった心を落ち着かせるように、ポツリとそうつぶやくと、

「きっとできますよ。何といってもティアは聖女様、それに魔力はSランク！　魔法適性はこ

の世界でも最高クラスなんですよ！」

ユフィは周りに聞こえないよう、私の耳元でそう言ってくれた。

「そ、そっか……っ！」

ユフィの言う通りだ。

私は曲がりなりにも『聖女』としてこの世界に召喚《しょうかん》されたんだ。

もうこれまでの――ただの村娘ではない。

聖女になったスーパー村娘なんだ！

「ありがとう、ユフィ！　今ならなんでもできそうな気がする！」

「ええ、その意気ですよ、ティア！」

それから私は大きく何度か深呼吸をして、静かに精神を集中させた。

そして自分の中の『魔力的なもの』が高ぶりを見せたその瞬間――カッと目を見開く。

「――祖よ、大霊が囁きをここに示せ！」

詠唱《えいしょう》は完璧《かんぺき》。

手応《てごた》えは十分。

だけど、

「……あれ？」

私の手のひらには、あるべきはずの『火』がなかった。

……おかしい。

「そ、祖よ、大霊が囁きをここに示せ！」

それから何度も同じ詠唱を繰り返したけれど、結果はすべて同じ。

私の大きな声だけが、教室中に虚《むな》しく響き渡った。

「ど、どうして……っ!?」

「な、何故《なぜ》でしょうか……？」

すると、

「んー、魔法理論の理解が少し欠けているようだな」

いつの間にか背後に立っていたノエル先生が、顎《あご》に手を添えながらそう言った。

「きゃっ!?」

「せ、先生!?」

いったいいつの間に!?

いや、その前に……っ。

(もしかして、さっきのユフィとの会話……聞かれちゃってた!?)

私が聖女だということは、一部の教師のみに知らされていると髭《ひげ》モジャが言っていた。

なんでも防衛《ぼうえい》上の観点から、あまり聖女の正体が広まり過ぎるのはよろしくないとか。

(ど、どうしよう……っ)

なんて誤魔化《ごまか》そうかと頭をグルグルと回していると、ノエル先生は小さな声で耳打ちをしてきた。

「大丈夫大丈夫、カロン様からティアのことは聞いているから。そんなに慌《あわ》てなくても平気だよ」

「そ、そうなんですか……よかった」

ひとまず私はホッと胸を撫《な》で下ろした。

(でも、今後はもう少し気をつけなきゃ……)

『聖女』という言葉を口にするときは、ちゃんと周りに誰もいないことを確認する必要がある。

「確か莫大《ばくだい》な魔力を持っているんだって？　それなら理論を体で覚えるのもありだぞ？」

そう言って先生は耳打ちをやめて、ニッコリと笑った。

「火属性の魔法を使うときに大事なのは一点集中！　自分の魔力――まぁ簡単に言うと内に眠る力をただ一点に集中させて『パッ！』と解放する感じだ。ほれ、やってみ」

「一点集中、パッと解放する……」

私は先生から教えてもらったコツを暗唱《あんしょう》し――思うがままに呪文《じゅもん》を口にした。

「――祖よ、大霊が囁きをここに示せ」

その瞬間、私の手のひらにポッと火が灯《とも》った。

それは他のみんなのものに比べると弱々しくて、不安定なものだった。

でも、確かに間違いなく——魔法だった。

「で、できた……っ！」

「凄い、さすがはティア！」

「うんうん、初めてにしては立派《りっぱ》なもんだ」

手のひらの上で揺れる弱々しい火を見た先生は、満足そうに頷《うなず》いた。

「なっ？　魔法なんて意外と簡単だろう？」

「は、はい……っ」

正直今も魔法理論は、あまり……というか全く理解していないけど……。

それでも、こうして魔法を成功させたことで「なんとかなるかも？」という気がしてきた。

「まぁ授業内容は少し難しいと思うが……。俺も頑張ってわかりやすく教えるつもりだから、今後も楽しくやっていこうな」

「あ、ありがとうございます！」

ノエル＝ノートリウス先生。

変な服装で最初は、ちょっと胡散臭《うさんくさ》いと思ってしまったけど——とってもいい人だった。

「よっし、そんじゃ次は水魔法の基礎理論からいくぞー。まずは要点をガガッと板書《ばんしょ》してしまうから、それをノートに書き写すか、今ここで全部覚えてしまうように」

こうして再び、地獄の理論授業が始まったのだった。

■

キーンコーンカーンコーンコーンというチャイムが鳴り、ようやく二限の魔粒子《まりゅうし》理論の授業が終わった。

「おっと、もうこんな時間か……。よし、それじゃ午前の講義はここまで。午後からは兵学をやるから、昼ご飯を食べ終わった生徒は、パラパラっと教科書見とけよー」

そう言って先生は、教室を後にした。

「お、終わったぁ……」

地獄のような授業を乗り切った私は、机の上にへたり込んだ。

「ふふっ。お疲れ様です、ティア」

「うぅ、もう限界だよ……。こんなに頭を使ったのは生まれて初めてかも……」

「そ、それは少し大袈裟《おおげさ》じゃないかしら……?」

「全然大袈裟じゃないよぉ……」

そう、これは言い過ぎでも何でもない。

今日は本当にこれまでで一番頭を使った一日だと断言できる。

二番目は……多分、お母さんに九九を教えてもらった日だと思う。

「ほら。元気を出して、ティア？　一緒にお弁当を食べましょう？」

そう言ってユフィは、鞄《かばん》からお弁当箱を取り出した。

「そ、そうだ！　お弁当っ！」

辛《つら》く苦しい授業の先には、お弁当があるんだった！

「えーっと……あった！」

私は鞄の一番奥から真っ白な薄布《うすぬの》に包まれた、いかにも高級そうな空気を放つお弁当箱を取り出した。

なんでもこれはお城の料理人が、私たちの健康に配慮して作ってくれた特製のお弁当とのことだ。

「も、もう開けてもいいんだよね？　お昼休みだもんね!?」

「ええ大丈夫ですよ。それに……ふふっ。そんなに慌てなくてもお弁当は逃げませんよ」

ユフィはクスリと笑いながら机同士をコツンと合わせて、一緒にご飯を食べる態勢を整えた。

「じゃあ、開けるね！」

うっかり中身をひっくり返さないように薄布を取り外し、高級感あふれる黒いお弁当を開けた。

するると、

「こ、これは……っ！」

艶《つや》と光沢のある真っ白なお米。

見るからに柔らかそうな玉子焼き。

丁寧《ていねい》に二つ折りにされたお肉。

見るからに新鮮な色とりどりの野菜。

「お、おいしそう！」

まるで芸術品のような――見ているだけで楽しめる凄いお弁当だった。

「そうですね。栄養のバランスもとてもいい具合です」

ユフィのお弁当も全く同じものが入っていて、とてもおいしそうだった。

「いただきます！」

「いただきます」

まずは焦《こ》げ目の全くついていない綺麗な玉子焼きから。

食べるのがもったいないような気もするけれど、これぱっかりは仕方がない。

(まずは小さくして……っと)

一口サイズにしようとすると――まるでお豆腐のようにスッとお箸《はし》が入っていった。

そうして小さくなった玉子焼きを口に含んだその瞬間、

「はむ……んんっ！」

濃厚な卵の風味がお口いっぱいに広がり、ダシの風味がサッと鼻を抜けた。

「お、おいしいっ！　これ、とってもおいしいよユフィ！　ユフィも食べてみて！」

　こんなにおいしい玉子焼きを食べたのは生まれて初めてだ。

「ふふっ、わかりました。はむ……うん、とってもおいしいです」

「だよね！」

　それからお肉にご飯、野菜にと三角食べをしたところで――少し『おかしなこと』に気がついた。

（……あれ？）

　よくよく見れば、私たちの机の周りには誰一人として近寄ろうとしないのだ。

　みんな四人五人と集まってお昼ご飯を食べている中、私たちだけが二人ぼっちだった。

「ね、ねぇねぇユフィ……。もしかして私たち、避けられちゃってないかな？」

　すると彼女はソーッと周りを見回して、小さくため息をついた。

「ティアの言う通りですね。……ごめんなさい。多分、私のせいだと思います……」

「……？　どういうこと？」

　どうしてユフィのせいで避けられるのだろうか？

　彼女は賢《かしこ》くておしとやかで気遣《きづか》いのできる凄く優しい人だ。間違っても人に避けられたり、嫌われたりするタイプではない。

　するとユフィは、周りに聞こえないよう小さな声で口を開いた。

「こう見えても私はこの国の皇帝ですから……。おそらく話しかけづらいのだと思います……」

「な、なるほど……」

確かにそれはあるかもしれない。

実際、私もユフィが皇帝陛下《へいか》だって聞いたときは、恐れ多くてどう接していいかわからなかった。

今日は聖サンタクルス女学院での最初のお昼休み。

いきなり皇帝であるユフィと仲良くしろというのは……常識的に考えて難しい。

「だ、大丈夫！　今はみんなどう接していいのかわからないだけで、きっとすぐに仲良くなれるよ！」

「……そうですよね。ありがとうございます、ティア」

「えへへ、どういたしまして」

その後、私たちはおいしくお弁当を食べて、午後の授業に備えたのだった。

■

カロン＝エステバイン。

ロンドミリア皇国の現皇帝ユフィ＝ロンドミリアの懐刀《ふところがたな》であり、宮廷魔法師という大任も兼《か》ねる。

日々多忙を極《きわ》める彼は、今日も執務室に籠《こ》もって部下からあげられた大量の報告書に目を通していた。

（ふむ……治水《ちすい》事業は順調。邪神を失ったドミーナ王国は内乱が発生……。むむ……ロベリア神国にて不穏《ふおん》な動きあり、か）

彼は机に置いたコーヒーを口に含み、少し思考を巡《めぐ》らせた。

（……ロベリア神国は近年不作が続いているうえに、大貴族のお家騒動が起きたばかりだったはず。……まぁ、放っておいても大きな問題は起きないだろう）

そう結論づけた彼は自慢の髭を揉《も》みながら、自国の明るい将来に思いを馳《は》せた。

（我らが陛下の治世《ちせい》は順風満帆《まんぱん》。後はこの聖女大戦をどう勝ち進むか……ですな）

ここ十年の間、カロンはひたすらに国政の安定に努めてきた。

それもこれも全《すべ》ては、百年に一度の聖女大戦を見据《みす》えてのことだ。

毎日毎日、寝る間も惜《お》しんで様々な案件に取り組み、ロンドミリア皇国の発展の礎《いしずえ》を築き上げた。

途中に先代皇帝の急死という大き過ぎるイレギュラーも発生したが、すぐさま皇女《こうじょ》であったユフィ＝ロンドミリアを擁立《ようりつ》し、なんとか軌道《きどう》修正を果たした。

聖女大戦には多額の費用がかかる。

当然その資金源は国民からの血税《けつぜい》だ。

内乱が起こらないようにするために――腰を据《す》えて戦いに臨《のぞ》むためには、国の安定は必要不可欠なのだ。

実際ロベリア神国やランドスター王国などは国が乱れ、聖女大戦どころの騒ぎではないとももっぱらの噂《うわさ》だ。

（我ながら、よくもまぁ働いたものですなぁ……）

彼にしては珍《めずら》しく、自《みずか》らの仕事を回顧《かいこ》していた。

無事に聖女――ティア＝ゴールドレイスの召喚に成功したことで少しだけ気が緩《ゆる》んでいるのだ。

（最悪のクラスである闘神《とうしん》を引いたときは、もう全て終わりかと思いましたが……。それがよもや異物《イレギユラー》とは、本当に運がいい……）

彼は再びコーヒーを口に含み、大きく伸びをした。

「さてと……残る書類も後わずか。早いところ終わらせてしまいますかな」

そうして彼が次の報告書に目を移したそのとき。

「なぁ髭」

最近カロンの仕事部屋に居着《いつ》くようになった邪神――リリ＝ローゼンベルグから声がかかった。

彼女は大きな本革《ほんがわ》のソファにだらしなくうつ伏せになりながら、パタパタと膝《ひざ》より先を振っている。

聖女として——年頃の少女としてあるまじきだらしなさにカロンは頭痛を覚えた。

しかし、彼がいくら注意したところで、リリが絶対に言うこと聞かないことは承知《しょうち》している。

時間の無駄を避けるという意味もあり、カロンはひとまず話を進めることにした。

「……何でしょうか、邪神様？」

「暇《ひま》なんだけど」

「……左様《さよう》でございますか」

そうしてカロンは口を閉ざし、仕事に戻った。

「なぁ、ヒゲ」

「……何でしょうか？」

どうせ大した用事ではないことはわかっているが、無視をすると後が怖い。

彼は書類に目を落としたまま、返事をした。

「ティアは何してるの？」

「聖女様は現在、聖サンタクルス女学院にて勉学に励《はげ》んでおられることでしょう」

「ふーん……。それじゃユフィは？」

「陛下も同じでございます。お二人は同じ学校に通っておりますゆえ」

「そっか……」

「はい」

「……」

「……」

リリが黙ったことにより、カロンが報告書のページをめくる音だけが、静かな部屋に響いた。

「……なぁ、髭」

「何でございましょうか？」

「あたしも学校行く」

「左様でござぃ……はっ!?」

予想外の発言にカロンは口をポカンと開けた。

「だから、そのなんたら女学院にあたしも行く」

「で、ですが聖サンタクルス女学院は貞淑な女学生が通う場でして……」

「それなら問題ないじゃん」

食べ終わった棒アイスの棒を咥《くわ》え、だらしなくソファに寝転がるリリ。

靴下は半分脱げかかっており、服もズレており肩が大きく露出《ろしゅつ》している。

「……問題しかありませんが」

「……はぁ？」

リリは眉尻《まゆじり》を上げながら、カロンを睨《にら》みつけた。同時に右手をグッと握り、何かを引き抜くような動作を見せた。これは「また髭を抜くぞ」という無言の圧力だ。

「……っ」

その意味を正確に理解したカロンは顔を青く染めた。

（つい先日、ひとむしりされたところなのに……っ）

また大事な髭をむしられても困る。

この髭は彼が十年もの長い年月をかけて育て上げたものだ。

「……かしこまりました。それでは至急手配を致します」

「うん、それじゃ明日からよろしくー」

「あ、明日っ!?」

「できるできないじゃないの。――やれ」

「ぐぅ……かしこまりました」

カロンはいつかの復讐《ふくしゅう》を心に誓《ちか》いながら、静かに頭を下げたのだった。

■

「あっ、それとあたしが入学することは二人には秘密にしといてね」

「それは別に構いませんが……理由をお聞きしてもよろしいですかな？」

「ばぁか。サプライズってやつだよ、サプライズ！　相変わらず、髭は遊び心がねぇなー」

「サプライズでございますか……。はぁ……かしこまりました」

七：聖女と転校生

聖サンタクルス女学院に入学してからというもの、私はとてもハードな毎日を送っていた。

朝から夕方までは、ノエル先生の難しい授業。

放課後お城に帰ってからは、ユフィや髭《ひげ》モジャに教えてもらってお勉強。

夜になれば泥《どろ》のように眠って――朝が来れば、またすぐ学院へ向かう。

その間、幸いにも他国の聖女が攻めて来ることはなかった。ユフィと過ごす学院生活はとても楽しいし、嫌なことなんて一つもないけれど……。

「ふわぁ……っ」

時刻は朝の八時四十五分。

授業開始まで後十五分だ。

（うぅ、眠たいよぉ……）

先ほどから、ずっと欠伸《あくび》が止まらない。

そうして私がゴシゴシと目元を擦《こす》っていると、

「ずいぶん眠たそうですが、大丈夫ですか？　もしかして、昨日はあまり寝つけなかったとか……？」

心配そうな表情を浮かべたユフィが、優しく声をかけてくれた。

「うん、昨日はちょっと遅くまでやってたからね……。ふわぁ……」

昨日は寝るギリギリまで勉強をしていたから、少し寝不足気味なのだ。

「……勉強に精を出すのはとても素晴らしいことですが、ティアはティアのペースで進めればいいと思います。『聖女様』はこの世界のことを知らなくて当然なのですから、そんなに焦《あせ》らなくても大丈夫ですよ？」

「ありがとう。でも大丈夫。魔法の勉強はとっても楽しいから」

私が最近ずっと勉強に精を出しているのは、何もみんなと比べて遅れているからというわけではない。

ただ純粋に——魔法の勉強がとても楽しかったからだ。

「そうですか、ティアは頑張り屋さんですね」

「そ、そうかな？」

「はい、とても素敵《すてき》だと思います」

「あ、ありがと……っ」

真正面からこうもはっきりと褒《ほ》められると、少し照《て》れてしまう。

そうして二人で楽しく雑談に花を咲かせていると、

「おはよーっす」

教室の扉がガラガラと開かれ、ノエル先生が入ってきた。

(あれ、まだ十五分も前なのに……珍《めずら》しいな)

先生が来るのはいつも授業開始ギリギリ、もしくは少し遅れてなのに……。

何故《なぜ》か今日に限って、いつもよりかなり早く来た。

クラスのみんなも少し不思議に思ったのだろう。

教室のあちこちで、小さなざわめきが起こった。

教壇に立った先生は、

「……ほう。まだ授業開始までずいぶん時間があるのに、まさか全員揃《そろ》っているとは……感心感心！」

きょろきょろとクラスを見回して満足そうに頷《うなず》いた。

「よし！　それじゃ少し早いが、朝のホームルームを始めるぞー！　何と言ったって今日はビッグニュースがあるからな！」

そう言って先生は、みんなに着席を促《うなが》した。

ビッグニュース……なんだろう？

全員が自分の席に着席したところで、

「みんな喜べ、新しい友達が増えるぞ！　転校生様のお出ましだ！」

その瞬間、クラス中がざわざわと騒がしくなった。

（一年生のこんな時期に転校だなんて……何か家庭の事情でもあったのかな……？）

私がそんなことを考えていると、先生はパンパンと手を打ち、教室の扉へと視線を移した。

「はい、それじゃ入ってくれー」

すると扉はガラガラと開き――一人の女の子が入ってきた。

私たちと同じ純白の制服に身を包んだ彼女は、とてつもない美少女だった。

長い髪を後ろで結《ゆ》ったハーフアップ。

うっすらとピンクがかった銀髪。

やや小麦色に焼けた健康的な肌《はだ》。

見間違えるはずもない。

転校生はドミーナ王国の邪神――リリ＝ローゼンベルグだった。

「り、リリッ⁉」

「まぁ⁉」

予想外の事態に私たちが思わず声をあげると、

「おっ、いるじゃんいるじゃん！　暇《ひま》だったから遊びに来たよん」

こちらに気づいたリリは、いたずらっ子の笑みを浮かべた。

「ど、どうしてリリがここに⁉」

「どうしてって……あたしがここにいちゃ悪いのかよ？」

「そ、それは……っ」

常識的に考えれば……あまり良くないことだと思う。

リリはここロンドミリアの人ではない。

敵国――ドミーナ王国の聖女だ。

そんな彼女がたくさんの学生が通う学院に出入りするのは……さすがに危険だと思う。

「そ、そもそもどうやって入学したの⁉」

「そんなの、あのヒゲに命令したに決まっているだろ？」

そう言って彼女は懐《ふところ》から、小さな手帳を取り出した。

そこには『リリ＝ローゼンベルグ』と書かれており、その横には大きな学院の印《いん》が押されていた。

間違いない、リリの生徒手帳だ。

どうやら本当に正当な手続きを経《へ》たうえで入学してきたらしい。

（だ、大丈夫……だよね？）

リリのクラスは邪神。

ユフィから『邪神クラスは思想が歪《ゆが》み、邪悪なことを好む』と聞いている。

（もし何か気に入らないことがあっても、暴れ回ったり……しないよね？）

そんな風に不安を感じていると、ノエル先生が呆《あき》れた様子で口を開いた。

「こらこら……。他のみんなが困っているぞ。まずは自己紹介をしてくれよ」

「おっと、そうだな」

リリはゴホンと咳払《せきばら》いすると、

「あたしはリリ＝ローゼンベルグ。特にすることもなくて暇だから、ちょっと遊びに来てやった。よろしくな！」

そう言ってニッと笑ったのだった。

■

こうして不安しかない授業が始まった。

だけど——その結果は私の予想とは大きく外れたものになった。

一限目にあった基礎魔法理論の授業。

先生がいつものようにサラサラと板書《ばんしょ》していると、

「おいおい、しっかりしろよ。水魔法の基礎理論ミスってるぞ？」

リリは肩肘《かたひじ》をつきながら、そんなことを口にした。

「……おっと、すまん！　氷魔法の理論と混ざってしまってたな！　悪い、みんな。今から書き直す方が正しいやつだ」

先生のミスをすぐに指摘《してき》し、授業を正しい方向へと導いた。

そして続く、実戦魔法の授業では、

「――祖《そ》よ、大霊《たいれい》が囁《ささや》きをここに示せ」

誰よりも丁寧《ていねい》で、誰よりも美しい魔法を発動させた。

それは私でも『違い』がわかるほどに優《すぐ》れた魔法で、ノエル先生も手放しで褒めていた。

「あ、あの……リリさんって、勉強できるんだよね？　お願い、金属魔法の応用理論をわかりやすく教えてくれないかな？」

「ったく、しょうがねぇな……。で、理論のどの辺がわからねぇんだ？」

休み時間にはクラスメイトに勉強を教えてあげていた。

態度と口はちょっと粗雑《そざつ》だけど、そこに目をつぶりさえすれば、どこからどう見ても優等生だった。

「り、リリって勉強できるんだね……っ」

「す、凄《すさ》まじいまでの学習能力と理解力。さすがは聖女様ですね」

予想が大きく外れた私とユフィは、素直な感想を漏《も》らした。

すると今の会話が聞こえていたのだろう。

「当然よ。何と言っても、あたしの『知能』はAだからなぁ?」

リリは何故か『知能』という単語をいやに強調して、ニヤニヤしながら私の方を見た。

その顔は明らかに意地悪を言っている顔だった。

(ど、どういうこと……!?　リリは私の知能がFだって知らないはず……っ)

まさかと思った私は、ユフィの方をバッと振り返る。

「ち、違いますよ!　私は何も喋《しゃべ》ってません!」

彼女はブンブンと首を横に振った。

その様子を見たリリは、ククッと楽しげに笑った。

「ヒゲが頭を抱えてたぞー?　何とか知能Fから上昇させることはできないかってな」

「あ、あの髭モジャ!」

どうやら私が気にしている知能の情報を漏らしたのは、髭モジャのようだ。

(まさか、リリより先にあの立派《りっぱ》な髭をむしりとることになろうとは……っ!)

私は胸の内に怒りの炎をたぎらせながら、なんとか午後の授業を受けたのだった。

■

その後、今日の授業が全《すべ》て終わり、お城に帰った私はすぐに髭モジャの執務室へと向かった。

執務室の前には、真っ白な鎧《よろい》に身を包んだ二人の衛兵《えいへい》が立っていた。

「すみません！　中に髭はいますか!?」

「ひ、髭……？」

「は、はいっ！　カロン様でしたら現在、執務室で政務に取りかかっております！」

どうやら髭は中にいるみたいだ。

「それはよかったです。中に入ってもいいですか？」

「もちろんでございます、聖女様！」

「ささっ、どうぞこちらへ！」

そう言って二人の衛兵は扉を開けてくれた。

「ありがとうございます」

執務室へ入ると、その一番奥にある大きな仕事机に座る髭モジャがすぐ目に入った。

「おやおや、これは聖女様！　私の部屋にお一人でいらっしゃるとは、珍しいですね。いったい、どうなされたのですか？」

こちらに気づいた髭は、スッと椅子《いす》から立ち上がり、何食わぬ顔で近づいてきた。

「髭モジャ！　私の知能がFなこと、リリに喋ったでしょ！」

「ええ、それがどうかしましたか？」

「ど、どうかしたかって……。そりゃどうかするよ！　私の頭が良くないことが、バレちやったでしょ!?」

「恐れながら聖女様は『闘神《とうしん》』でございます。知能が足りていないのは、クラスが明らかになっている時点で自明のことかと……」

髭はごく真っ当で、反論のしようのない正論を返してきた。

「……」

「……」

なんとも言えない沈黙が降りる。

「うー、えいっ！」

やり場のない怒りを抱えた私は、髭モジャの本体である髭を力いっぱい引っ張った。

「はうっ!?」

しかし、見た目同様に根のしっかりとした髭のようで、たった数本しか抜けなかった。

「と、とにかく絶対に他の人には言わないで！」

「か、かしこまりました……っ」

こうして悪《あ》しき髭を成敗《せいばい》した私は、気分を変えるために少し外の空気を吸いに行くことにしたのだった。

八：聖女と聖女

ティアがカロンの髭《ひげ》をむしり取ったその頃。

アーロンド神国アリオストロ城にて、聖女同士による激しい戦いが行われていた。

片や全身純白の鎧《よろい》に包まれた、凶悪な顔をした創造神。

片や煌《きら》びやかな黄金と白のドレスを身に纏《まと》った地母神《じぼしん》イシュナ＝スルシャーラ。

だが、それはおよそ戦いと呼べる代物《しろもの》ではなかった。

「ふははっ、どうした地母神よ？　貴様の力たるやその程度のものか？」

満身創痍《まんしんそうい》となって地に倒れ伏したイシュナの腹部を、創造神は情け容赦《ようしゃ》なく踏みつけた。

「か、はぁ……っ」

ミシミシと肋骨《ろっこつ》が悲鳴をあげ、彼女の口から苦悶《くもん》に満ちた声が漏《も》れた。

その体にはいくつもの裂傷《れっしょう》が見られ、煌びやかな黄金と白のドレスは、血と泥《どろ》に汚れて見る影もない。

「い、イシュナ……っ！」

思わず走り出したクリアを、

「へ、陛下《へいか》、危険です！　お下がりください……っ！」

腹心の老兵たちが羽交《はが》い絞《じ》めにして押し留めた。

そんな一幕を横目に見た創造神は、嗜虐《しぎゃく》的な笑みを浮かべた。

「くく……っ。——どうしたどうした、もう終わりか？　ん？」

「く、ぁ……っ」

そして、ゆっくりとその足に体重を乗せていき——イシュナの苦しむ顔を堪能《たんのう》した。

創造神の力はまさに圧倒的だった。

平均Bランクという非常に優秀なステータスを持つイシュナが、全く手も足も出ないほどに。

（くそ……っ。このままでは、イシュナが殺される……っ）

クリアは歯を食いしばりながら、思考を巡《めぐ》らせた。

（何か、何か手段はないか……っ）

彼女がその明晰《めいせき》な頭脳をフル回転させていると、

「「——ぬぅおおおおおおっ！」」

アーロンド神国の屈強《くっきょう》な兵士たちが決死の突撃を仕掛けた。

「ふん……汚らわしい」

たとえ鍛《きた》え抜かれた屈強な兵士といえども——所詮《しょせん》は『人間』。

天上の存在である『聖女』に敵《かな》う道理はない。

創造神の持つ、純白の剣により十人の兵士たちは一瞬にして物言わぬ肉塊《にくかい》となった。

だが十人の勇敢《ゆうかん》な戦士の命と引き換えに、イシュナは自力での離脱に成功した。

「も、申し訳ございません……クリア様……っ」

「喋《しゃべ》るな、今治療してやる……っ！」

クリアが魔力を供給《きょうきゅう》すると、土色《つちいろ》となったイシュナの顔に健康的な赤みが戻っていった。

そうしている間にも、彼女は次の一手を思案する。

(今回の創造神は桁《けた》が違う……っ。悔《くや》しいがイシュナ単騎《たんき》では勝ちの目はない……っ)

この場は撤退《てったい》するのが最善。

後はその手段をどうするかであった。

正攻法で逃げられる相手ではないことは、いやというほど思い知らされた。

すると、

「姫様っ！　我らが時間を稼《かせ》ぎます！　その間に時空間魔法の準備をっ！」

「我ら一同、既《すで》にこの命を姫様に捧《ささ》げております！」

「この化物《ばけもの》を相手に単騎で勝てる聖女などおりませぬ……。なんとか協力者を――心の清い聖女を見つけてくだされ！」

そう言って衛兵《えいへい》たちは――次々に決死の突撃を仕掛けた。

「……すまない」

彼らが文字通り命を懸《か》けて作り出した時間を無駄にしないよう、クリアはすぐさま魔力を集中させ時空間魔法の準備に入った。

目を閉じて呼吸すら忘れるほどの集中力で、魔法の構築に全神経を集中させる。

「ふはははっ！　貴様たちも哀《あわ》れだなぁ！　無能な王を担《かつ》ぎ上げたがために、何の意味もない無駄な死を遂《と》げるとは！」

「黙れぇえええええっ！」

「貴様のような若造《わかぞう》に何がわかる！」

「我らの忠義をとくと見よぉおおおおお！」

その後——衛兵たちの耳を塞《ふさ》ぎたくなるような悲痛な叫びが響いた。

「すまない……っ。こんな不甲斐《ふがい》ない王で本当にすまない……っ」

大粒の涙を流しながら、クリアはひたすらに謝罪の弁を述《の》べた。

人並み外れた魔法の才を持つ彼女は、生まれて初めて自《みずか》らの無力を呪《のろ》った。

（三分、いや二分でやり切る……っ！）

通常ならば優秀な魔法使い複数人、それも一時間以上の時間をかけて練り上げる時空間魔法。

それをクリアはたった一人で、実行しようとしていた。それも——自分とイシュナ、二人分の時空間魔法を。

（あと、もう少し……っ）

魔法構築が半《なか》ばまで進んだところで、彼女は異変に気づいた。

静かだった。

まるでこの世界に自分一人かと思うほどに。

そこへ、

「どうだ、尻尾《しっぽ》を巻いて逃げる準備はできたか？」

背筋《せすじ》の凍《こお》るような創造神の声が響いた。

恐る恐る目を開けた彼女は、驚愕《きょうがく》のあまり眩暈《めまい》を覚えた。

「なっ!?」

周囲は死屍累々《ししるいるい》の地獄だった。

数千人以上いた衛兵は、わずか一分で物言わぬ肉塊となった。

苦楽《くらく》を共にし、忠義を尽くしてくれた部下はもういない。

「そん、な……っ」

早過ぎる。

あまりに早過ぎる。

「クリア様っ！　お逃げください！　ここは私が……っ！」

「ダメだっ！　お前を失えば、反撃する術《すべ》がなくなる！」

そんなやり取りを余裕綽々《よゆうしゃくしゃく》の表情で見ていた創造神は、ククク と小馬鹿《こばか》にするように笑った。

「これはまた異《い》なことを言う奴《やつ》だな。この聖女大戦はもう終わっておる。この我《われ》が召喚《しょうかん》された時点でなっ！」

そう言って創造神は、純白の剣を凄《すさ》まじい勢いで投擲《とうてき》した。

「くそ……っ。頼む、せめてどこか遠くへ……っ！」

そうしてクリアは咄嗟《とっさ》の判断で、まだ未完成の時空間魔法を強引に発動させた。

どこへ行くかもわからない。

まともに飛べるかどうかもわからない。

まさに一か八かの賭《か》けだった。

「ふん……逃げたか。まぁいい、これでアーロンド神国は落ちた。しばらくはここを我が城としてやろう」

こうして一夜にしてアーロンド神国は陥落《かんらく》し、血のような紅《あか》い夕暮れに創造神の笑い声が響き渡った。

■

臣下《しんか》も国も――これまで築き上げてきた全《すべ》てを投げ出して逃げたクリアは、見慣れぬ土地に転移した。

「はぁはぁ……っ。こ、ここは……っ!?」

保有する全ての魔力を解き放ったクリアは、息も絶え絶えといった様子だ。

「おそらくはロンドミリア領……。それも中心部かと思われます」

「くっ、敵地のど真ん中ではないか……っ」

彼女は自らの不運を嘆《なげ》いた。

「ここは危険だ……。とりあえず、身を隠す、ぞ……っ」

そう言って一歩前に踏み出した彼女は――突然グラリと上体を揺らした。

「く、クリア様!?」

イシュナは慌《あわ》てて、クリアの体を優しく支えた。

「き、気にするな、少しふらついただけだ……っ」

そう言った彼女の額《ひたい》には玉のような大粒の汗《あせ》が浮かんでいた。

準備が整っていない状態での無茶な魔法行使により、クリアは重篤《じゅうとく》な魔力欠乏症《けつぼうしょう》を起こしていた。

「そんなことよりも早く行くぞ……。お前とて全快にはほど遠い。こんなところをロンドミリア陣営に見つかってみろ……一巻の終わりだぞ」

「か、かしこまりました……っ」

ボロボロの体を引きずって、すぐに移動を開始するクリアとイシュナ。

そんな満身創痍の二人に、恐る恐る話しかける一人の少女がいた。

「あ、あの……大丈夫、ですか……？」

髭への制裁《せいさい》を下し、たまたま外の空気を吸いに行っていたティアだ。

「っ!?」

イシュナは聖女である自分が、あまりに容易《たやす》く背後を取られたことに対し、驚愕の表情を浮かべた。

しかし、声をかけて来た相手が、制服を纏ったいかにも無害そうな――間《ま》の抜けた表情をした少女だったので、ホッと胸を撫《な》で下ろした。

「お気遣《きづか》いありがとうございます。ちょっとした貧血ですので、問題ありませんよ」

そうしてイシュナが、ティアとの会話を早々に打ち切ろうとしたその瞬間。

「逃げろ、イシュナ……！　そいつは『聖女』だ……！」

召喚士としてティアの正体を即座に看破《かんぱ》したクリアは、すぐに撤退を指示した。

「くっ、ロンドミリアめ……！　まさかもう捕捉《ほそく》されていたとは……っ！」

イシュナは即座にメイスを取り出し、戦闘態勢をとった。

「クリア様、お逃げくださいっ！　ここは命に代えても私がっ！」

「や、やめろ……っ。これは戦って勝てる相手ではない……！」

完全に自分を置いてけぼりにして、どんどんと盛り上がっていく二人にティアは、どうして
いいのかわからなかった。

「えっ、えっと、私はその……っ」

この二人はいったい誰？

どうしてこんなにボロボロなの？

何故《なぜ》、私が聖女だとわかったの？

事態を全く把握《はあく》できず、ただただ混乱するティアに対し、

「はぁあああああっ！」

イシュナは先手必勝とばかりに突撃した。

「えっ、わ、きゃぁ……っ!?」

咄嗟に前へ突き出したティアの両手に、イシュナの振り下ろしたメイスが触れたその瞬間。

バキンという軽い破砕音《はさいおん》と共に、メイスは跡形もなく粉砕《ふんさい》された。

「ば、馬鹿な……っ」

そのあまりの実力差にイシュナは身を震わせた。

「あっ……ご、ごめんなさいっ」

うっかり他人の持ち物を壊してしまったティアは、罪悪感に苛《さいな》まれていた。

（こ、この反応……。きっと大事なものだったんだろうな……。で、でも！　突然、あんなので襲《おそ》いかかってきた向こうにも責任はあるよね……？）

責任の所在について思案する彼女は、大きなショックを受けているイシュナを見て胸がチクチクとし始めた。

（……でも壊してしまったのは、少しやり過ぎたかも）

そう判断した彼女は、素直に頭を下げた。

「え、えっと……大事なもの、だったんですよね。何と言うかその……ごめんなさい」

すると、

「てぃ、ティア……？　これはいったいどういう状況なんですか？」

「うわぁ……これってイジメってやつ？　ティアってそういうブラックな趣味があったんだぁ……意外」

彼女の後を追って来たユフィとリリは、目の前に広がる突飛《とっぴ》な状況に目を白黒させた。

「ち、違うよ！　この人たちは、急に黒い穴から飛び出して来たの！」

「『黒い穴』……もしかして時空間魔法……っ!?」

「えー、ほんとにー……？　いじめてたんじゃないのー……？」

「もう、だから違うって！　それ以上言うと怒るよ、リリ！」

ジト目のまま意地の悪いことを言うリリを、ティアはキッと睨《にら》みつけた。

「報告にあった異物《イレギュラー》の闘神《とうしん》に……邪神まで……っ。くそ、ここまで、か……っ」

重篤な魔力欠乏症に陥《おちい》り、意識朦朧《もうろう》としていたクリアは、絶望的な状況を前に意識を手放した。

心が折れてしまったのだ。

「く、クリア様!?」

イシュナは、意識を失いぐったりとその場に崩《くず》れ落ちたクリアを抱き寄せた。

彼女の額に大粒の汗が浮かんでおり、その顔からは血の気がサッと引いている。

胸は規則的に上下しているが意識はなく、すぐさまなんらかの医療処置が必要であることは誰の目にも明らかだった。

目の前で突然女性が気を失う。

そんな衝撃的な場面を目にしたティアは、思わず一歩前へ踏み出した。

「だ、大丈夫で――」

しかし、その行く手を、イシュナが阻《はば》んだ。

「私たちは……聖女大戦を降ります。ですからどうか、クリア様の命だけはお助けくださいませ……っ」

深く頭を下げ、そう懇願《こんがん》するイシュナ。

「い、いえ！　命なんてそんなひどいことは……」

「どうか、どうかご慈悲《じひ》を……っ」

そう言ってイシュナは深く深く頭を下げた。

（この誤解を解くのはとても時間がかかりそうだなぁ……）

そんなことを思いながら、ティアは大きなため息をつくのだった。

あとがき

はじめまして、月島秀一《つきしましゅういち》と申します。

本書をお買い上げいただき、誠にありがとうございました。

早速《さっそく》ですが、物語の本筋に少しだけ触れていこうと思います。『あとがきから読む派』のみなさまは、ご注意いただければと思います。

さて本作は尋常《じんじょう》ならざる力を持つ聖女ティアと若くして皇帝の地位を継いだ召喚士《しょうかんし》ユフィ、両者の微笑《ほほえ》ましいやり取りが主軸となった作品でございます。互いの『常識のズレ』によって生じるすれ違いや勘違《かんちが》い。低過ぎる知能によってデバフがかかったティア。普段は皇帝として大人びた言葉遣《づか》いや態度を取っているが、意外と活発で子どもっぽいところもあるユフィ。

そういった『キャラクターの個性』を気に入っていただければ幸いです。

ときに読者のみなさまは、本書に登場したキャラクターで最も気に入ったのは、誰だったでしょうか？

ちなみに作者のイチ押しは、大臣カロン＝エステバインです。

物語の舞台装置としても非常に動かしやすく、作中でも貴重な男性キャラでございます。非常にコミカルな体型に加え、ご自慢の立派《りっぱ》な髭《ひげ》などなど……。場面に登場するだけで、明るい雰囲気《ふんいき》を作れる彼は、この物語においてまさに潤滑油《じゅんかつゆ》のような存在でした。

それでは以下、謝辞《しゃじ》へと移らせていただきます。

執筆にあたり、様々な提案・調整・スケジューリングをしていただいた編集様。おかげさまで、無事に本書が完成いたしました。本当にありがとうございます。

イラストを手がけていただいた、竹花《たけはな》ノート様。素晴らしく可愛《かわい》らしいキャラクター・魅力的な表紙に口絵・挿絵《さしえ》を描いていただき本当にありがとうございます。

その他、本書の制作・販売に携《たずさ》わっていただいた関係者のみなさま、本当にありがとうございます。おかげさまで無事に『聖女様』を一冊の本として、この世に発表することができました。

そして何より、数あるライトノベルの中から、本書をお買い上げいただいた読者のみなさま――本当にありがとうございました。

頭を捻《ひね》り捻って書き記したこの一冊。少しでも楽しんでいただければ、これ以上の喜びはありません。

さてこのあとがきを書き記しているのは、四月十六日の深夜。

桜も散り始め、春の暖かい日差しが何とも気持ちよい季節になって参りました。

現時点の予定では、本書の発売は六月ごろとなっております。

ジメジメとした梅雨《つゆ》の中で、本書がちょっとした清涼剤のようなものになれば幸いです。

それではまた今度お会いできることを祈りつつ、今日はこのあたりで失礼いたします。

月島　秀一

お買い上げありがとうございます！

この作品の感想をお寄せください。

あて先　〒101-8050　東京都千代田区一ツ橋2-5-10
集英社　ダッシュエックス文庫編集部　気付
月島秀一先生　竹花ノート先生

ダッシュエックス文庫

私、聖女様じゃありませんよ!?
～レベル上限100の異世界に、9999レベルの私が召喚された結果～

月島秀一

2019年6月30日　第1刷発行

★定価はカバーに表示してあります

発行者　鈴木晴彦
発行所　株式会社　集英社
〒101−8050　東京都千代田区一ツ橋2−5−10
03(3230)6229(編集)
03(3230)6393(販売／書店専用)　03(3230)6080(読者係)
印刷所　図書印刷株式会社
編集協力　梶原 亨

ISBN978-4-08-631315-5 C0193

ダッシュエックス文庫

地下室ダンジョン ~貧乏兄妹は娯楽を求めて最強へ~

錆び匙《サビスプーン》
イラスト／keepout

兄妹二人が貧しく暮らすボロ家の地下室にダンジョンが出現! 生活のために攻略を始めると、知らぬ間に日本最強になっていて…!?

私、聖女様じゃありませんよ!? ~レベル上限100の異世界に、9999レベルの私が召喚された結果~

月島秀一
イラスト／竹花ノート

平凡な村娘が異世界に『聖女』として召喚された。レベル上限が100の異世界を、自称・平凡な少女が規格外の力でほっこり無双!!

学園騎士のレベルアップ! レベル1000超えの転生者、落ちこぼれクラスに入学。そして、

三上康明
イラスト／100円ロッカー

レベル1000超えの転生者が騎士養成学校に入学! でも3桁までしか表示されない測定器のせいで問題児クラスに振り分けされて!?

ソロ神官のVRMMO冒険記 ~どこから見ても狂戦士です 本当にありがとうございました~

原初《げんしょ》
イラスト／へいろー

回復能力がある「神官」を選んでゲームをはじめたのに、あまりにも自由なプレイスタイルに全プレイヤーが震撼!? 怒涛の冒険記!

ダッシュエックス文庫

ソロ神官のＶＲＭＭＯ冒険記２
～どこから見ても狂戦士です
本当にありがとうございました～

原初《げんしょ》
イラスト／へいろー

ソロ神官のＶＲＭＭＯ冒険記３
～どこから見ても狂戦士です
本当にありがとうございました～

原初《げんしょ》
イラスト／へいろー

ソロ神官のＶＲＭＭＯ冒険記４
～どこから見ても狂戦士です
本当にありがとうございました～

原初《げんしょ》
イラスト／へいろー

裏切られたＳランク冒険者の俺は、愛する奴隷の彼女らと共に奴隷だけのハーレムギルドを作る

柊咲
イラスト／ナイロン

高難易度のイベントをクリアして獲得した報酬は、ケモ耳美幼女!? 新しい武器と新たな出会いの連続でソロプレイに磨きがかかる！

ギルドに加入するためレベル上げでトカゲ狩り！ そしてやってきた転職のチャンスで、ジョブの選択肢に「狂戦士ん官」の文字が!?

美しき聖女の願いに応え、死霊の王討伐のクエストに参加したリュー。それは恋とバトルが乱れ咲く、リュー史上最大の戦いだった!!

奴隷嫌いの少年と裏切られて奴隷堕ちした美少女が復讐のために旅立つ！ 背徳の主従関係で贈るエロティックハードファンタジー!!

ダッシュエックス文庫

モンスター娘のお医者さん
折口良乃
イラスト／Zトン《ぜっ》

モンスター娘のお医者さん2
折口良乃
イラスト／Zトン《ぜっ》

モンスター娘のお医者さん3
折口良乃
イラスト／Zトン《ぜっ》

モンスター娘のお医者さん4
折口良乃
イラスト／Zトン《ぜっ》

ラミアにケンタウロス、マーメイドにフレッシュゴーレムも！　真面目に診察しているのになぜかエロい!?　モン娘専門医の奮闘記！

ハーピーの里に出張診療へ向かったグレン達。飛べないハーピーを看たり、蜘蛛娘に誘惑されたり、巨大モン娘を診察したりと大忙し!?

風邪で倒れた看護師ラミアの口内を診察!?　卑屈な単眼少女が新たに登場のほか、厄介な腫瘍を抱えたドラゴン娘の大手術も決行!!

街で【ドッペルゲンガー】の目撃情報が続出。同じ頃、過労で中央病院に入院したグレンは、ある情報から騒動の鍵となる真実に行きつく。

モンスター娘のお医者さん5
折口良乃
イラスト／Z《ぜっ》トン

鬼変病の患者が花街に潜伏!? 時同じくして謎の眠り病が蔓延し、街の機能が停止しサーフェも罹患! 町医者グレンが大ピンチに!

劣等眼の転生魔術師
～虐げられた元勇者は未来の世界を余裕で生き抜く～
柑橘ゆすら
イラスト／ミユキルリア

眼の色によって能力が決められる世界。未来に魂を転生させた天才魔術師が、魔術が衰退した世界で自由気ままに常識をぶち壊す!

劣等眼の転生魔術師2
～虐げられた元勇者は未来の世界を余裕で生き抜く～
柑橘ゆすら
イラスト／ミユキルリア

成り行きで魔術学園に入学したアベル。だが最強の力を隠し持つ彼を周囲の人間が放っておかない! 世界の常識をぶち壊す第2巻!

劣等眼の転生魔術師3
～虐げられた元勇者は未来の世界を余裕で生き抜く～
柑橘ゆすら
イラスト／ミユキルリア

最強魔術師アベル、誰にも心を開かない「氷の女王」に懐かれる!? 一方、復讐を目論むテッドの兄が不穏な動きを見せていたが…?

◆アズールレーンスピンオフ
アズールレーン
Episode of Belfast
助供《すけとも》珠樹《たまき》
制作協力／『アズールレーン』運営
イラスト／raiou

◆アズールレーンスピンオフ
アズールレーン
Episode of Belfast 2nd
助供《すけとも》珠樹《たまき》
制作協力／『アズールレーン』運営
イラスト／raiou

俺の家が魔力スポットだった件
~住んでいるだけで世界最強~
あまうい白一
イラスト／鍋島テツヒロ

俺の家が魔力スポットだった件2
~住んでいるだけで世界最強~
あまうい白一
イラスト／鍋島テツヒロ

大人気ゲーム『アズールレーン』のスピンオフが登場。ロイヤルの華麗なるメイド長、ベルファストのドタバタな日常が開幕!!

ベルちゃん登場でロイヤル陣営はさらに賑やかに！ ベルファストたちの日常を描いた、大人気ゲームのスピンオフ小説、第2弾！

強力な魔力スポットである自宅ごと召喚された俺。長年住み続けたせいで異常に貯め込んだ魔力で、我が家を狙う不届き者を撃退だ！

増築しすぎた家をリフォームしたり、幼女竜と杖を作ったり楽しく過ごしていた俺。それを邪魔する不届き者は無限の魔力で迎撃だ！

ダッシュエックス文庫

ダッシュエックス文庫

自重しない元勇者の強くて楽しいニューゲーム
新木 伸
イラスト／卵の黄身

自重しない元勇者の強くて楽しいニューゲーム2
新木 伸
イラスト／卵の黄身

自重しない元勇者の強くて楽しいニューゲーム3
新木 伸
イラスト／卵の黄身

自重しない元勇者の強くて楽しいニューゲーム4
新木 伸
イラスト／卵の黄身

かつて自分が救った平和な世界に転生し、レベル1から再出発！　賢者のメイド、奴隷少女、盗賊蜘蛛娘を従え自重しない冒険開始！

人生2周目を気ままに過ごす元勇者のオリオン。山賊を蹴散らし、旅先で出会った女の子を次々〝俺の女〟に…さらにはお姫様まで!?

突然現れた美女を俺の女に！　その正体は…。大賢者の里帰りに同行し、謎だらけの素性が明らかに!?　絶好調、元勇者の2周目旅!!

今度の舞台は海！　美人海賊に巨大生物、人魚に嵐…危険がいっぱいの航海でも、出会った女は全部俺のものにしていく！　第4弾。

ダッシュエックス文庫

自重しない元勇者の強くて楽しいニューゲーム5
新木 伸
イラスト／卵の黄身

自重しない元勇者の強くて楽しいニューゲーム6
新木 伸
イラスト／卵の黄身

剣神と魔帝の息子はダテじゃない
shiryu
イラスト／葉山えいし

剣神と魔帝の息子はダテじゃない2
shiryu
イラスト／葉山えいし

ついに「暗黒大陸」に辿り着いたオリオンたち。強さが別次元の魔物に仲間たちは苦戦を強いられ、おまけに元四天王まで復活して!?

トラブルの末に辿り着いた「巨人の国」で、女巨人戦士に興味と性欲が湧いたオリオン。強く美しい女戦士の長と会おうとするが!?

剣神と魔帝の息子は、圧倒的な剣の才能と驚異的な魔力の持ち主となった！　ギルドではSS級認定されて、超規格外の冒険の予感！

仲間になった美少女たちを鍛えまくって、目指すのは直接依頼のあった王国！　国王の退位問題をSS級の冒険力でたちまち解決へ!!

若者の黒魔法離れが深刻ですが、就職してみたら待遇いいし、社長も使い魔もかわいくて最高です！
森田季節
イラスト／47AgDragon《しるばーどらごん》

若者の黒魔法離れが深刻ですが、就職してみたら待遇いいし、社長も使い魔もかわいくて最高です！２
森田季節
イラスト／47AgDragon《しるばーどらごん》

若者の黒魔法離れが深刻ですが、就職してみたら待遇いいし、社長も使い魔もかわいくて最高です！３
森田季節
イラスト／47AgDragon《しるばーどらごん》

若者の黒魔法離れが深刻ですが、就職してみたら待遇いいし、社長も使い魔もかわいくて最高です！４
森田季節
イラスト／47AgDragon《しるばーどらごん》

やっとの思いで決まった就職先は、悪評高い黒魔法の会社！　でも実際はホワイトすぎる環境で、ゆるく楽しい社会人生活が始まる！

使い魔のお見合い騒動があったり、もらった領地が超過疎地だったり…。事件続発でも、黒魔法会社での日々はみんな笑顔で超快適！

地方暮らしの同期が研修に!?　アンデッドをこき使うブラック企業に物申す！　悪徳スカウト撲滅など白くて楽しいお仕事コメディ！

みんなで忘年会旅行へ行ったら、なぜか混浴に!?　黒魔法使いとして成長著しいフランツだったが、業界全体のストライキが発生し…。

若者の黒魔法離れが深刻ですが、就職してみたら待遇いいし、社長も使い魔もかわいくて最高です！5

森田季節
イラスト／47AgDragon《しるばーどらごん》

入社2年目で、新入社員の面接官に大抜擢!! 先輩が他社から引き抜き!? そして使い魔のセルリアとは一歩進んだ関係に発展する…!!

遊び人は賢者に転職できるって知ってました？
～勇者パーティを追放されたLv99道化師、【大賢者】になる～

妹尾尻尾
イラスト／TRY

様々なサポートに全く気付かれず、ついに勇者パーティから追放された道化師。道化をやめ、大賢者に転職して主役の人生を送る…!!

遊び人は賢者に転職できるって知ってました？2
～勇者パーティを追放されたLv99道化師、【大賢者】になる～

妹尾尻尾
イラスト／柚木ゆの

道化師から大賢者へ転職し、爆乳美少女2人と難攻不落のダンジョンへ！ だが彼らの前に、かつての勇者パーティーが現れて…？

異世界最強トラック召喚、いすゞ・エルフ

八薙玉造
イラスト／bun150

天涯孤独のオタク女子高生が憧れの異世界へ。なぜか与えられたトラックを召喚する力で、理想の異世界生活のために斜め上に奔走する。